Geronimo Stilton

奇鼠歷險記④

龍族的騎士

新雅文化事業有限公司
www.sunya.com.hk

銀龍國伙伴團

「伙伴」這個詞，含義是「分享同一塊麵包的人」，意味着互相幫助、共同奮鬥的朋友。伙伴的力量，就來自於這裏！

謝利連摩・史提頓

我是《鼠民公報》的經營者，這是老鼠島最暢銷的報紙哦！這次是我在夢想國的第四次旅行！

賴嘰嘰

他是謝利連摩在夢想國的官方導遊，陪伴謝利連摩經歷了在夢想國的前三次旅行……

公鹿羅博

他全身的皮毛似雪，但鹿角和蹄子卻是金色的。他是地精國的智慧長者，但由於中了斯蒂亞的巫術而變成了一頭公鹿。

愛麗絲

　　銀龍國的公主。她果敢堅毅，是個技巧高超的馴龍人！

火花

　　銀龍國公主忠誠的坐騎和護衛。她強壯勇敢，喜好打抱不平。

好運妹

　　綠草坪國的公主。慷慨大方，如果朋友遇到困難，她一定會拔刀相助。

嘟嚕吐拉

　　她是食肉魔部落的廚娘，整天套着件髒兮兮的圍裙，神氣地揮舞着長勺，彷彿舞劍一樣。不過她卻難以抵禦騎士的紳士風度……

目錄

進入銀龍國

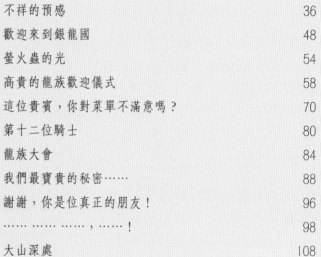

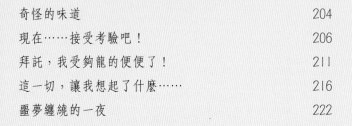

目錄

進入食肉魔的王國

巨龍的搏鬥

重返老鼠島

你也想成為
銀龍國化伴團成員嗎？
那就在這裏貼上你的照片，
寫上你的名字吧！

貼上
你的照片

我的名字是 . . . .

一個寧靜的星期五晚上⋯⋯
（或者說沒那麼寧靜！）

　　這是一個秋日**寧靜**的星期五晚上，我舒舒服服地蜷在沙發上，享受着屬於我的**寧靜**週末：聽聽**音樂**、喝喝**咖啡**、讀**一本書**⋯⋯

　　正如你們所看到的：我是一隻老鼠，一隻平常的、**普通**的老鼠⋯⋯

哦，對了，不好意思，我還沒有自我介紹呢！我叫史提頓，**謝利連摩·史提頓**！我經營着《鼠民公報》——老鼠島上最有名氣的報紙。

對了，我剛才說到哪兒了？

這天夜晚，我正打算關掉 電 腦，好好休息，突然間……

電話鈴聲 鈴鈴鈴 響個不停。

我最喜歡的 手機鈴聲 （《老鼠島之巔》）也不停地唱着。我定睛一看，啊呀，手機上足足有35條未讀 短訊 ！

傳真機也向外吐出 山一樣 的紙片，扔得滿地都是。

我好不容易將散落一地的紙片收拾乾淨，一旁的電腦卻又叮叮地響個不停。

我手忙腳亂地點擊開電子郵箱，竟然有57封 **未讀**

郵件！

咕嘰嘰，到底發生什麼事啦？

我剛拎起電話聽筒，**坦克鼠爺爺**的聲音就彷彿炸雷似的在我耳邊響起：

「孫兒，你那展覽的開幕式準備得怎麼樣了？」

我支支吾吾地問：「什麼開幕式？什麼展覽？」

可是爺爺已經掛斷了電話。

我趕忙又抓起了手機。

「哈囉，哥哥，我是**菲**，不好意思，我這段時間太忙，沒辦法為你的展覽擔任**攝影師**了。」

我一頭霧水地問：「**什麼開幕式？什麼展覽？**」

但那頭的菲已經掛斷了手機。這一切，到底是怎麼回事？到底發生什麼事了？

我又連忙點擊開了電腦的收件箱：原來57封**未讀**郵件通通來自一隻鼠：就是我的表弟**賴皮**。而且信的內容全部一模一樣！

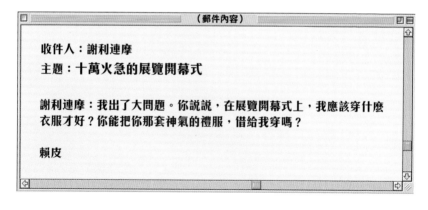

（郵件內容）

收件人：謝利連摩
主題：十萬火急的展覽開幕式

謝利連摩：我出了大問題。你説説，在展覽開幕式上，我應該穿什麼衣服才好？你能把你那套神氣的禮服，借給我穿嗎？

賴皮

我回覆賴皮的郵件，刷刷寫道：

「**什麼開幕式？什麼展覽？**」

不過剛剛發送的郵件卻被系統退回了。

最後，我的目光終於落在手機的未讀短訊上。所有的短信都來自於**柏蒂‧活力鼠**。

「謝利，我們在展覽的開幕式上見啦！」

我剛想回覆她：「什麼開幕式？什麼展覽？」但是我停住了，我可不想讓柏蒂失望！因為她對我來說，十分**特別**……咕嘰嘰，她是我的夢中情鼠哦……

我無意識地拿起筆，在紙上**反覆寫**着她的名字。

以鼠的名義發誓，
我們一定會成功！

在那一刻，表弟賴皮一頭撞進門來。

「嗨呀，我總算找到你了！你怎麼不回我**短訊**呢？是不是不想把你那套神氣的小禮服借給我呀，哼？」

我終於怒氣沖沖地爆發了：「到底什麼開幕式？什麼展覽？」

賴皮的眼睛瞪得像銅鈴一樣大。

「哦，不好意思，謝利，你該不會告訴我：你對展覽的事一無所知吧？」

「不好意思，你到底在說些什麼呀？」

賴皮的臉變得刷白，然後通紅，然後紫紅……他開始像機關槍一樣劈里啪啦地教訓起我來。

他這樣說道：「事實上……一個月前，卡文娜‧淘古鼠曾經打電話給你，但你不在辦公室。我就替你接了電話，因為我們倆誰跟誰呀，你說是不是？告訴了我，不就等於告訴了你嗎？」

「可是賴皮，這怎麼能一樣呢……」

「哎呀，你怎麼這麼嘮嘮叨叨？總是一副婆婆媽媽、謹慎小心的樣子？」

「先不說這個，賴皮，卡文娜打電話找我，這和展覽的事又有什麼關係呢？」

「卡文娜告訴我，她在徒步走過沙漠時，不小

15

心**摔骨折**了，所以沒辦法繼續辦**龍類展覽**了！於是我就拍拍胸膛，自豪地告訴她：有問題，找謝利！你說我做得對吧！」

一陣**不祥的**預感，頓時湧上我心頭。

「沒錯，賴皮，我是一向樂於幫助朋友⋯⋯可是，這**展覽**什麼時候開幕呢？」

「別那麼緊張，我的小謝利，你還有整整一個禮拜來準備哦！」

我身上的每根毛都**驚恐**地豎了起來！！！

我的尖叫聲在房間裏迴盪：「只有一個禮拜？你是說，我只有七天的時間，來搬運全部展品，準備**展品目錄**，籌辦開幕式，採購**酒會**用品，組織**音樂會**，邀請各位專家來參加會議，購買會場用的**鮮花道具**⋯⋯」

我的鬍子因為巨大的壓力，向四下**抖動**開來⋯⋯我的腳掌心忽地冒出陣陣**冷汗**⋯⋯我的膝蓋也一下

16

子無力地**軟**了下來……

我的頭發暈……我的眼發花……總之，我覺得自己快**昏倒**了！

在即將昏倒的一瞬間，我又活了過來。誰讓我有那麼多事要做，連昏倒的時間都沒有呢？

我決定立刻行動！

我不想讓**卡文娜**失望，或者是**柏蒂·活力鼠**失望，她一直都以我為傲呢……

於是，我嗖地躍上椅子，抓起一根**尺子**，對天發誓道：

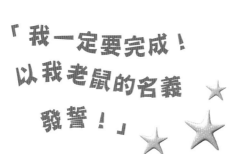

「我一定要完成！
以我老鼠的名義
發誓！」

17

噩夢般的一周

我捲起袖子，將接下來要做的事，列了個長長的

清單……

以一千塊莫澤雷勒乳酪的名義，這清單好**長**

啊！

我在每件任務旁邊，一筆一劃地寫下負責實行者

的名字……

我決定自己親自來擬訂展品名錄，至於其他的任

務嘛，我把它們分配給**朋友們**、**親戚**和合作伙

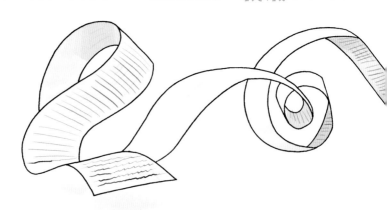

伴。不知不覺中,長長的清單已經拖到了地上!

不過還有個問題⋯⋯

整個展覽的主題是龍:**壁畫**中的龍、**雕塑**中的龍、**時尚元素**的龍、**神話**裏的龍、**音樂**中的龍⋯⋯

但是我對龍的認識卻又是那麼少!

我該怎樣辦好這個展覽呢?

我只好一頭紮進圖書館,埋頭在各種關於龍族的**書籍**中,一直到圖書館關門。

上帝呀,這原本是應該輕鬆快樂的星期五啊!

19

星期五

星期六我在**網上**泡了一整天……

星期天我埋頭做筆記……

一周的其他日子裏，我**日夜**奮戰：我還要安排開幕式、**自助餐**、音樂會、**會場鮮花**……

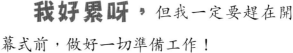

我好累呀，因為當朋友們夜晚呼呼大睡時，我還在挑燈夜戰寫**目錄**！

星期六

我好累呀，但我一定要趕在開幕式前，做好一切準備工作！

我好累呀，不過我終於準備好了！

開幕前的一晚，我向所有趕來幫忙

星期天

星期一

星期二

的朋友道謝，然後，一瘸一拐地向家走去……

我已經十分**疲憊**了，但是當我躺到牀上，卻又焦慮得睡不着覺，開始翻來覆去……

我一連給自己泡了25杯**菊花茶**，足足數了幾千隻**羊**……還是**睡不着**覺！

直到天邊泛起了魚肚白，我終於沉入了夢鄉。沒過多久，我就從夢中驚醒了，手腳冰涼地大叫：「救命！」

誰讓我做了個可怕的噩夢，夢到一羣**龍**在我身後緊追呢！

當我前一晚設定好的**計時鬧鐘**嗡嗡大作
時，我悲慘地發現：自己整整一晚，只睡了一個小時……

星期三

星期四

星期五

我勉強爬到洗手間,凝視着鏡中那張既陌生又熟悉的臉。

不錯,這是我,的確是我,謝利連摩·史提頓!

但是,現在鏡中的鼠臉上有着濃濃的黑眼圈,若是不仔細看,還以為臉上戴着副墨鏡呢!

我沒精打采地洗臉,吃早餐,穿上氣派的西裝,便匆匆地向博物館走去。

為什麼大家都那樣盯着我看？

　　博物館門前，那隻等我的**無度非凡**的鼠，不正是妙鼠城的市長嗎？

　　我慌忙走上前，和他聊起天來，周圍的鼠停下交談，紛紛用**奇怪**的目光看着我。

　　天知道大家為什麼那樣盯着我看？

　　我與市長並肩**穿過**博物館大廳，越來越多**奇怪**的目光彙聚在我身上⋯⋯

　　天知道大家為什麼都那樣盯着我看？

　　我假裝毫不在乎的樣子，我可是個莊重嚴肅的文化鼠哦！而且我要在可愛的柏蒂・活力鼠面前保持自己的**美好**形象，所以更要看上去從容自信啦⋯⋯

　　不過我身上的毛，卻**緊張**得豎了起來！

　　為了掩飾恐懼，我使勁擠出一個大大的笑容，一直咧到**耳朵根**，大步向前走去，可⋯⋯

24

① 哎喲！

② 哇呀呀！

③ 你好大的膽子！

砰砰！

① 我的腳絆在毯子裏，情急之下，我一把抓住旁邊的一棵植物⋯⋯

② 不過那是棵**仙人掌**，頓時我的手爪就變成了針線包！

③ 眼看就要摔倒的我一把扯住了身旁的一隻老鼠，生生地把他的**褲子**扯下來，露出了他的花內褲。那隻鼠頓時向我咆哮：「你好大的膽子，你知道我是誰嗎？」

我怎麼會不認識他呢：他正是**花花鼠**伯爵——老鼠島上最時髦的鼠！

我尷尬地低下頭，驚訝地發現自己的腳上居然套着雙**拖鞋**，而在本應穿着襯衫的位置上，居然套着件睡衣：難怪大家用異樣的眼神盯着我看！我只好繼續裝出不在乎的樣子，偷偷將西裝外套的扣子繫緊⋯⋯這時，恰好輪到我上台發言

了。隨後的一整個晚上，我都暈暈乎乎的，只依稀記得卡文娜・淘古鼠為我的慷慨相助道謝（多好的朋友呀！）……隨後，**莎莉・尖刻鼠**（她這晚反常地非常有禮貌）問我身上穿的這件襯衫（明明是我的睡衣）在哪裏買的……然後開幕式的餐會開始了（我吃得太多，噎住了！）……柏蒂親切地在我臉頰上印了個**吻**……（這個，我記得最清楚啦！）

呼，呼，糟糕的夜晚！

那天晚上，我迷迷糊糊地回到家裏：我已經一個禮拜沒有合眼了。因此，頭剛一碰到枕頭，我就睡着了。半夜時分，我居然醒了，覺得胃裏**火辣辣**的難受，頭也**漲**得要命。看來我晚餐吃得太多啦！

呼，呼， 糟糕的夜晚！

我又開始失眠了。我拉開窗戶，希望新鮮的空氣有助我睡眠。

這時，我才感覺到手掌上陣陣疼痛：手上還插着無數根仙人掌**刺**呢！

我呼呼地朝手掌**吹氣**……

我將火辣辣的手浸在冷**水**裏……

隨後，我又用牀單包了個**冰袋**，敷在手上。

可那疼痛卻一點兒都沒減輕：我只好給自己再泡一杯菊花茶，強迫自己回到牀上，在黑暗中凝視着天花板。

捱到黎明時分，我的眼皮開始變得沉重，終於睡着了。朦朧中我感覺到一個**濕漉漉**的東西在舔着我的手掌。

呼嚕！

　　我睜開雙眼，只見一條通紅的舌頭正舔着我受傷的手爪，兩隻琥珀色的大**眼睛**，正注視着我……

空氣中充滿了玫瑰的香氣……

原來是**彩虹巨龍**……還有我的好朋友癩蛤蟆

斯咕嚕・賴嘰嘰。

我熱情地擁抱他們，好奇地問：「什麼風把你們給吹來啦，朋友們？」

彩虹巨龍**唱唱起來：**

「哦，正直無畏的騎士，
愛麗絲派我們將你召喚！
手掌上刻着烈燄之印的你，
可知道龍族
正陷入危險？
巨大的挑戰橫在你面前，
你命中註定要面對這一劫！」

我撓撓頭，不明白到底發生了什麼事。

我像放連珠炮似的發問：「什麼烈燄之印？什麼危險？這到底是怎麼回事啊？」

來吧，飛越彩虹！

癩蛤蟆打斷我：「騎……騎士，你別謙虛了！手掌上刻着**烈燄之印**的就是你呀！在你第一次進入夢想國旅行時，**巨龍國的國王焦尤三世**不是將烈燄之印刻在你手上了嗎？

我低頭看看自己的手：賴嘰嘰説得沒錯，我受傷的手上果然現出烈燄之印，難怪之前它**火辣辣的疼**！

距離進入夢想國的第一次旅行，已經很久了，但在這一剎那，我又憶起了那次神奇的*歷險*……

賴嘰嘰向我解釋道：「銀龍國的公主*愛麗絲*，拜託我們來請你參加*龍族*

烈燄之印

在謝利連摩·史提頓第一次進入夢想國旅行時，巨龍國的國王焦木三世將烈燄之印刻在他手上，作為允許他在巨龍國自由穿行的通行證。

根據一則古老的寓言，有一天一位騎士將會拯救龍族，而他的手掌上刻着烈燄之印，並發出藍光！

集會。快快快騎士，快穿上你的鎧甲，我特意帶過來給你的！怎麼樣，再次見到大家開心吧！」

我的腦海裏清晰地浮現出愛麗絲的臉龐：在我第三次進入夢想國旅行時，愛麗絲曾和我並肩戰鬥，救出了仙女國皇后芙勒迪娜，並教會我馴龍的技巧。

如今愛麗絲需要我的幫忙，我又怎麼能留在這裏不管呢？

我利落地穿戴好**鎧甲**，嗖地跨上龍背，興奮地高呼一聲：

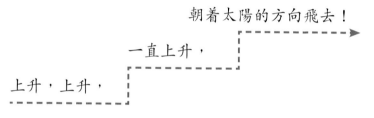

巨龍一陣助跑，張開他強有力的翅膀，飛上夜空，接着

朝着太陽的方向飛去！

一直上升，

上升，上升，

我的鬍鬚也激動地**抖動**起來：我終於要再次踏上**神奇**的夢想國國土了！

進入銀龍國

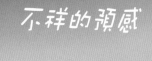

不祥的預感

　　我們飛入金色的晨曦中，我伸出手指，幾乎可以觸到頭頂上朦朧的**星星**。我問坐在身旁的賴嘰嘰：「你肯定愛麗絲真的需要我幫忙？」

　　「那當然了，除了你以外，還能有誰？手掌上帶着**烈燄之印**的，只有正直無畏的**騎士**你呀！」

　　「真的嗎？可是……」

　　「好啦，別謙虛啦，騎……騎士！愛麗絲在等候的救世主，的的確確就是你！」

　　但我怎麼不覺得自己身上有着救世主的氣概呢？

我的鬍鬚又不安地**顫抖**起來。

天知道，又有什麼可怕的東西在等着我？

怪獸……**海妖**……還是**女巫**？？？

當夢想國的疆土映入我的眼簾時，我竟懷疑地不敢相信雙眼看到的景致：蕭瑟的秋天籠罩着我腳下的田野，這裏難道不該是永恆的春天嗎？

我的心頭湧上一絲**不祥**的預感：這裏一定發生了什麼……

彩虹巨龍載着我們，日夜兼程，在第二天的黎明時分，我迷迷糊糊地向下一看，只見下方的原野上一片通紅，沖天的火光在**熊熊燃燒**……

可怕的火舌正一寸寸吞噬着**會説話的森林**裏的千年神樹！

我們趕忙飛上前，希望弄清楚在這兒究竟發生了什麼。在沖天火光中，我恍惚看見三隻龍逃竄的背影……難道是他們故意**縱火**嗎？這一切究竟是為什麼呢？？？

我們沒時間**多想**了，眼下最要緊的事，就是趕快撲滅正在吞噬森林的火燄！

「救命，着火啦！！！快救救我們！」

我們一個個跳到地上，接近正在燃燒着的森林的外圍。濃濃的黑煙，熏得我們睜不開眼，嗆得我們劇烈地**咳嗽**起來！

火燄所散發出來的熱
量，簡直要把我烤熟了！

我焦急地直拍腦袋，希望找到解
決方法……

大腦卻一片**空白**！

突然，會說話的森林裏的樹木們開始對
我說起話來：

「騎士，快呀，快將外圍的樹木**拔起
來**！只有這樣做才能熄滅火燄。這樣一來，
火苗就找不到任何可以再燃燒的物料了！」

我大聲反對：「我下不了手，你們……你
們是會講話的千年神樹，是這世界上最古老的
物種！你們多麼**寶貴**，我怎麼能……」

但外圍的那些樹木苦苦哀求般地齊聲勸着
我：

「快把我們拔倒吧，我們甘願犧牲，
只要朋友們能夠活下來。別
擔心，我們會化作

肥料，滋潤泥土，讓朋友們**長得**更茂盛！」

火舌還在劈劈啪啪地肆意蔓延着，眼看就要燒到森林中央了。

我不得不承認：神樹剛才所說的話，是拯救這座森林的惟一辦法了。

一陣**傷感和不捨**湧上我心頭，我喃喃地對伙伴們說：

「鼓起勇氣，朋友們，我們就按照神樹們的建議來做吧！」

力大無窮的彩虹巨龍用**爪子**將外圈的一棵棵樹木連根拔起，以便火燄找不到**可 燃 物**，我和賴嘰嘰則使出渾身解數，拼命**撲打**着火苗。

不祥的預感

就在這時，一陣疾風吹過，又死灰復燃躥起火苗來，我熏得滿臉烏黑，一顆火苗甚至躥上了我的**鬍子**。

我只覺得腦袋裏天**旋**地轉，暈乎乎的……賴嘰嘰盯着我看了幾秒鐘，嚷嚷起來：

「騎士士士，你熏得活像顆**紅乎乎的**山芋……不對，是**焦黃焦黃的**馬鈴薯……眼看就要變成**焦黑的**煤塊啦！」

我撲哧一聲大笑起來：我這饒舌的癩蛤蟆朋友，即使是在如此危急的**生死關頭**，說話也還是那樣風趣呢……

我們兩個並肩作戰，不知過了多久，最後的一個火星終於被撲滅了。我們又累又餓地呆站在地上，只聽到叢林中樹木發出陣陣欣慰的歎息聲：

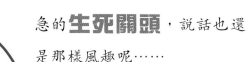

「謝謝，朋友們，我們終於得救了！」

43

危險終於解除了，我們重又踏上旅途，向銀龍國飛去：我們要儘快和愛麗絲會合！

　　經過了剛才與火燄激烈的搏鬥，我睏得眼睛都睜不開了，縮在**彩虹巨龍**的背上呼呼大睡。我睡呀睡呀，直到耳邊傳來彩虹巨龍的吆喝聲：

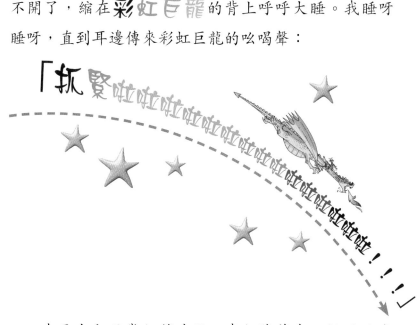

「抓緊啦啦啦啦啦啦啦啦啦啦啦啦啦啦啦啦啦啦啦！！！」

　　在雲中翻了幾個筋斗後，我們降落在一棵閃閃發光的大樹前。只見那棵**樹**上布滿了**銀色**的葉子，在夜色中發出璀璨的光芒：原來這就是愛麗絲居住的皇宮！我們終於到達了銀龍國。

銀龍國

1. 銀龍丘
2. 愛麗絲宮
3. 神龍廳
4. 跳水台
5. 冰涼湖
6. 飲龍河
7. 龍之巢
8. 多石橋
9. 醫院
10. 露天劇場
11. 健身廣場
12. 瞭望台
13. 角鬥場
14. 降落跑道
15. 圖書館

歡迎來到銀龍國

這時，我們的身邊颳起一陣旋風，頃刻間一條體態優雅的母龍降落在我們身邊，她就是「火花」，愛麗絲的坐騎。

「歡迎來到銀龍國！」

火花，愛麗絲的坐騎

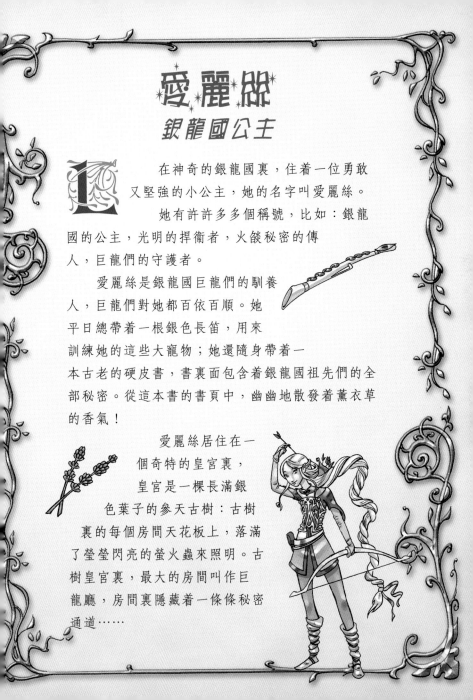

愛麗絲
銀龍國公主

在神奇的銀龍國裏，住着一位勇敢又堅強的小公主，她的名字叫愛麗絲。

她有許許多多個稱號，比如：銀龍國的公主，光明的捍衛者，火燄秘密的傳人，巨龍們的守護者。

愛麗絲是銀龍國巨龍們的馴養人，巨龍們對她都百依百順。她平日總帶着一根銀色長笛，用來訓練她的這些大寵物；她還隨身帶着一本古老的硬皮書，書裏面包含着銀龍國祖先們的全部秘密。從這本書的書頁中，幽幽地散發着薰衣草的香氣！

愛麗絲居住在一個奇特的皇宮裏，皇宮是一棵長滿銀色葉子的參天古樹：古樹裏的每個房間天花板上，落滿了瑩瑩閃亮的螢火蟲來照明。古樹皇宮裏，最大的房間叫作巨龍廳，房間裏隱藏着一條條秘密通道……

　　火花體貼地招呼我們：「來來來，讓彩虹巨龍休息一會兒，我帶你們去見愛麗絲。」

　　賴嘰嘰興奮地在大廳裏蹦來 跳去。

　　「騎士，你能想……想得到嗎？我們居然進入了銀龍國：從來沒有哪個訪客，可以進入這個神秘的國度。哦，多麼**崇高**的榮譽啊！請允許我在此*作詩*一首……」

　　賴嘰嘰的詩歌，我早就領教過啦，我趕忙找藉口制止他。

　　「呃，我們還是先去見愛麗絲吧……」

　　「那好，我稍後再作詩吧。這樣一來，我就更有時間來醞釀一首感天動地的長詩啦……」

火花將我們倆銜到背上，輕輕地飛起來。

就在那一刻，一陣悠揚的笛聲響了起來：那笛聲悠揚清脆，卻彷彿秋雨一般，透出一股*悲傷*的音調。我不由得回憶起來：那熟悉的笛音，一定是愛麗絲吹奏的。但她一向是個**樂觀堅強**的姑娘呀，到底發生了什麼事？

我的心裏隱隱不安：從進入夢想國那一刻起，一切就變得有些**不對勁**：沖天大火的森林，提前到來的蕭瑟的秋天，絕跡了的春天……腦中裝着這些奇怪的想法，我跨進了愛麗絲大廳的門檻。

螢火蟲的光

　　我們走進了寬敞璀璨的接待大廳。一條條**銀色**的樹枝在我們頭頂上縱橫交錯，枝椏上面布滿了銀色的樹葉，整個大廳上空落滿了**螢火蟲**，形成了一圈圈溫馨的光環。我走到愛麗絲的寶座前，恭敬地鞠了一躬。

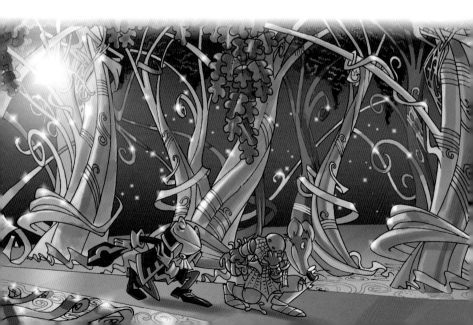

然後，我就急匆匆地向她彙報起來：「**公主殿下**，有人試圖要**燒毀**會說話的森林。還有，秋天居然籠罩了夢想國，所有樹的葉子都變乾枯了！還有……」

　　愛麗絲**憂傷**地看著我：「我知道，情況比我預想的還要糟，我這次特意請你幫忙，是因為芙勒迪娜託付給我的**龍蛋**，不知道被誰偷走了。因為這件事，整個夢想國都陷入了危機。

可怕的事件，將要發生了！」

叮叮

咚咚

愛麗絲難過地歎了口氣，又打起精神寬慰我：

「現在我們先不提這些，騎士，長途飛行後，你一定很疲倦了吧。我的兩個侍衞——**叮叮**和**咚咚**會照顧好你的。我們銀龍國子弟會用*神聖*的歡迎儀式來迎接遠道而來的貴賓！」

我心裏一陣好奇，真想問問是什麼儀式，可又不好意思打擾愛麗絲，於是我向她感激地鞠了一躬，鼻子都沾到地板了。

隨着愛麗絲輕輕地拍拍手，地板開始一陣陣**抖動**起來……

砰砰砰砰砰砰……

砰砰砰砰砰砰

砰砰砰砰砰砰……

砰砰砰砰砰砰

砰砰砰砰砰砰

兩條龍大搖大擺地扭進大廳：一條龍細長乾瘦，脖子長得像長頸鹿，聲音**又尖又細**。另一條龍身體又圓又**肥**，肚皮鼓得似個球，聲音響得彷彿打雷。他們對我抱抱拳，說道：「現在請您盡情享受我們**龍族的**歡迎儀式吧！」

瘦龍叮叮將賴嘰嘰銜到他背上坐好，而肥龍咚咚一下子拎起我的尾巴，我痛得真想吱吱叫，可強忍住了，誰讓我們正在被高貴的儀式歡迎呢……

放我下來！

高貴的龍族歡迎儀式

肥龍咚咚絲毫沒有留意到我疼得齜牙咧嘴的樣子，他提着將我放在他背上，然後像箭一般飛上天空，那速度嚇得我差點

從他背上掉下來！從他背上掉下來！從他背上掉下來！從他背上掉下來！

我是患有**畏高症**的膽小鼠呀，為了戰勝內心的恐懼，我強打精神幻想起即將到來的歡迎儀式。

肯定，巨龍們會給我接風洗塵，提供給我寬敞溫暖的卧室，當然滿是**泡沫**的浴池也是少不了的。再加一張軟綿綿的~~熱乎乎~~的大牀，可以讓我舒舒服服地酣睡到天亮。也許他們還會為我備好精緻可口的菜肴……

但我錯了，我真的猜錯了！

沒飛多久，咚咚就停在一座**高大**而**古怪**的石頭建築旁。

他用爪子拉開那座建築的窗子，回頭朝我吐了吐舌頭：「您的 房間 到了，晚安，騎士！」

我剛要踏入房門，咚咚又將一個看上去奇形怪狀的龍形鬧鐘塞在我手上。

「明天見！鬧鐘我定在明早5點正。在5點13分，我們將要準時開始*隆重的龍族歡迎儀式！*」

我嘀咕着抗議道：「我非要參加這個歡迎禮不可嗎？我很疲倦，而且⋯⋯」

肥龍咧開嘴巴，朝我一笑，露出兩排**尖利**的大牙：「當然，騎士，您絕不能拒絕，除非你想讓我們生氣！」

60

我有氣無力地回答他：「好吧，明天見！」

我總算可以好好看看房間裏的布置了。這一看，我的鬍鬚都吃驚地豎了起來。

在房間一角，端端正正地放着一張牀……是**石頭**做的！

就連枕頭……也是**石頭**做的！

牀單和被罩……居然也是**石頭**做的！

牀頭櫃……是**石頭**做的！

櫃上花瓶裏的裝飾花……也是**石頭**做的！

在整個房間裏，還有什麼不是**石頭**做的呢？

我失望地跌坐在牀上：惟一不是石頭做的，就只有**我**了。

我真的是太累了，以至於躺在僵硬的石頭牀上，

仍然很快地墜入了夢鄉：**呼呼呼呼……**

猛然間，一個尖利的聲音在我耳邊炸響……

〔快起牀牀牀牀牀牀 ！

說時遲，那時快，一條 **火舌** 從我身旁躥過，差點烤熟了我的尾巴！

空氣中瀰漫着一股燒鼠皮的味道……

原來吐出火舌的，正是肥龍咚咚昨夜塞給我的鬧鐘，它正在嗡嗡作響：提醒我5點正了，該起牀了。

　　我急忙漱洗完畢，剛要跨出房門，我瞥見桌上擺着一籃水果。太好了，我的肚子正餓得咕咕叫呢！我抓起一個蘋果，送進嘴巴，狠狠地咬上一大口。

　　接着只聽見一聲**脆響**。
　　我發出一聲慘叫：「哇呀呀呀呀呀！」
　　我的命好苦啊，一顆牙齒居然被生生硌掉了：原來連這蘋果也是**石頭**做的！

　　看在歡迎儀式即將要舉行的份上，我還是忍了……

救命命命命！

　　我痛得正斉拉着頭往外走，肥龍咚咚來到了。他一聲不吭，拎起我的兩隻耳朵，就朝天上飛去。不一會兒，我們飛到一個巨大的石頭浴缸上方，熱乎乎的蒸汽從浴缸裏散發出來。

　　我頭頂上傳來肥龍咚咚的聲音：「騎士，你準備好接受**歡迎儀式**了嗎？嘗嘗我們的熱**溫泉**吧！」

　　我連聲哀求道：「不要啊，看在一千塊莫澤雷勒乳酪的份上，我昨天已經洗過澡了！」

　　咚咚面無表情地望着我，鬆開了一直抓住我的手爪，我筆直地朝沸水裏跌去。只聽見耳邊傳來呼呼的風聲，以及肥龍興奮的嚷嚷聲：「騎士，你是不是很興奮呀？等會兒你就會很享受啦！」

我尖聲狂叫起來：「哇呀呀呀，燙死我啦！」

肥龍咚咚依舊面無表情地在空中悠閒地打轉，任憑我在沸水裏掙扎了半小時。

等我從沸水裏爬出來時，全身上下被燙得像個紅紅的番茄。哪裏還有往常紳士鼠的樣子，活脫脫像隻大龍蝦！

我還來不及發表意見，咚咚就又拎起我，把我丟進旁邊一個冰水池裏。那池底都結了厚厚的冰塊。

陣陣寒氣襲來，我凍得連牙齒都發抖了：「哇呀呀呀，凍死我啦！」

肥龍咚咚依舊自顧自地在空中悠閒地打轉，任憑我在冷水裏瑟瑟發抖。

等我從冰水裏爬出來時，已是全身上下凍得發紫。

哪裏還有往常紳士鼠的樣子，活脫脫像冷藏櫃裏的**冷凍魚**！......

不過這一切都還沒結束呢！

咚咚又將我甩進了一個石頭池裏，頃刻間，我就被池裏**難聞的爛泥**糊得滿身都是，動彈不得......

哇啪啪啪！！！

隨後，我又被扔進了**瀑布**下的水潭，嘩啦啦的巨大水柱澆得我暈頭轉向......我真希望這一切快點結束......

但是咚咚又將我關在一個 **煙氣繚繞** 的山洞裏，我在伸手不見五指的黑暗裏縮成一團……

肥龍總算將我放了出來，他將我按倒在一張 石頭 牀上，用他的鐵拳給我乒乒乓乓地做起了按摩，敲得我骨頭都快散架啦！

看在這是龍族的歡迎儀式的份上，我又忍了……

不過，説老實話，我真希望他們從來沒有歡迎過我！

這位貴賓，你對菜單不滿意嗎？

當這一切都總算結束時，已經是中午了。我覺得自己破得像塊**抹布**，累得像條**狗**，餓得像頭**牛**。我跌坐在梯級上（當然也是石頭做的），心情非常失落。

為什麼龍族要這樣對待我？我不遠千里地趕過來，就是為了幫助他們呀。

哎，我好想回家！

我心裏好一陣**難過**，無助地開始**哭**起來。

正在這時，一隻手爪輕輕地**搭**在我背上。我回頭一看，肥龍咚咚和瘦龍叮叮不知何時已立在我身後。他們望着一把鼻涕一把眼淚的我，爆發出一陣大笑：

哈哈哈！ 嘻嘻嘻！

嘿嘿嘿！ **嘎嘎嘎！** **呼呼呼！**

他們的**大笑**如此具有感染力，連前一秒還哀愁萬分的我，也禁不住嘿嘿傻笑起來……

我們笑得上氣不接下氣，我好不容易停止大笑，問他們：

「不好意思，你們為什麼這麼高興呢？」

「我們是為你高興呀，騎士！因為你通過了考驗！」

我傻乎乎地撓撓頭皮。

他們說的是什麼考驗呀？

肥龍咚咚彎下腰，向我鞠了一躬。

「請你原諒我剛剛魯莽的舉動，這一切都是為了**保護**我們的公主：自從上一枚龍蛋被偷走後，我們就變得格外小心，**誰**也不敢輕易地相信了。」

瘦龍叮叮補充道：「我們剛才那樣對待你，就是想了解你是否真心希望幫助愛麗絲。現在我們明白了：你為了不讓愛麗絲失望，願意尊重我們龍族的習俗和傳統，儘管這對你來說，滋味並**不好受**！」

你雖然只是個小不點兒，但你又**勇敢**又**頑強**，就像真正的騎士那樣……」

說到這裏，瘦龍叮叮彷彿突然想起了什麼，湊到咚咚耳邊，低聲說道：「還記得那個寓言嗎……關於……某個……**第十二位騎士**……」

他們兩個先是交頭接耳，細聲私語，隨後鄭重地齊聲高歌起來：

「他不是精靈、矮人或巨龍，
而是位來自遠方的英雄。
他外表溫和，可內心堅強，
恐慌從不曾佔據他的心靈！
烈燄之印將化作一道光，
烙印在這位英雄的手上。
有朝一日，當他踏上我們的國土，
和平將重回這戰火燎原的國度！」

我正好奇地想問個究竟，他們卻神秘地搖搖手。

「愛麗斯正在宴會廳等着你呢。有什麼問題，你就直接去問她吧。只有她，能告訴你答案……只有**她**……」

73

這位貴賓，你對　　　　菜單不滿意嗎？

　　我一邊回想着這番奇怪的對話，一邊隨着叮叮和咚咚向愛麗絲居住的大樹樹頂爬去，宴會廳就坐落在那裏。

　　銀龍族的宴會廳十分寬闊，廳內裝飾了閃閃發亮的**銀**飾。大廳正當中的長桌兩旁，坐滿了兩排奇形怪狀而年齡各異的巨龍，他們身上的鱗片**閃閃發亮**……正在**熱烈**地討論着最近國內發生的大事，大廳裏轟隆隆地迴響着他們的咆哮聲和議論聲。但一看到我走進來，大廳裏頓時**陷入**　寂靜。

　　瞬間，所有龍開始伸長脖子，交頭接耳起來：

「你們看到了嗎？是他，真的是他！」

　　他們**喩喩**的議論聲並沒讓我放在心上，因為我的胃都餓得唱歌啦！

　　我**輕手輕腳**地接近堆放着點心的餐桌。趁着侍者沒留意，我迅速拎起餐桌上盛滿紅色**液體**的酒杯。

為了不引起大家的注意，我一下子將液體灌進喉嚨。①⋯⋯⋯⋯⋯⋯⋯

　　我的天，哪想到那液體竟然是**辣**番茄汁⋯⋯

　　咕嘰嘰，為了緩解灼熱的喉嚨，我趕緊抓起身旁的一堆**小吃**，往嘴巴裏塞。

　　我的天，哪想到那點心竟然是紅**辣椒**餅乾⋯⋯②⋯⋯⋯⋯⋯⋯

　　我可顧不得那麼多了，一把拎起身旁的水壺，咕嘟咕嘟地大口將水吞下去⋯⋯

　　我的天呢，哪想到那壺裏竟灌滿了**辣椒**油⋯⋯辣得我眼淚嘩嘩直流，我剛一張嘴，從嘴裏噴出一個**火球**！③⋯⋯⋯⋯⋯⋯⋯

好辣好辣的辣椒哇！

這位貴賓，你對 菜單不滿意嗎？

 謝天謝地，這時管家龍敲響了用餐的**銀鈴**，招呼大家說：「開飯啦！」

接着，他自豪地宣布今天為大家準備的菜單。

開胃頭盤
辣番茄汁
紅辣椒餅乾

第一道菜
紅辣椒麵條
紅辣椒炒飯

第二道菜
辣椒炒牛肉片
紅辣椒烤肉

甜品
辣椒味巧克力
(其辣無窮哦)

聽到這一長串菜單，我不自覺地皺起了眉頭。突然，管家龍疑惑地看着我氣呼呼地發問：

「哼，難道你不喜歡我們龍族的菜單嗎？」

我呆呆地站着，不知道該説些什麼，因為我不想冒犯到他，但……

我再也受不了任何辣椒啦！

幸好就在這時，愛麗絲及時趕到了，還幫我帶來了許多好吃的，適合我們老鼠吃的乳酪……

呱唧呱唧呱唧！

我痛快地飽餐一頓後，愛麗絲引我到她的書房，要和我單獨談話。她嚴肅地凝視着我的雙眼，鄭重地問：「騎士，現在我需要看看你手上的烈焰之印！我必須要確認：你是否就是**古老寓言描述的騎士**……」

第十二位騎士

　　愛麗絲的手指輕輕掠過我的掌心，頃刻間一道藍光從我的掌心射出來。

　　愛麗絲興奮地叫起來：「現在我肯定了。*烈燄之印*發出了藍光！這正是我們一直在等待的信號：只有你才能幫我們找回那顆丟失的龍蛋，讓和平重回大地……只有你！不過，你別擔心，烈燄之印將會保佑你，每當你即將遇到危險時，它就會發出藍光……」

　　我困惑地撓撓頭皮。為了揭開我內心的疑團，愛麗絲繪聲繪色地講述了**第十二位騎士**的寓言。

第十二位騎士
的寓言

在巨龍國，流傳着一則古老的寓言，描述未來一位來自遠方的英雄，將會拯救出陷入危機的巨龍國，讓和平重回大地。

他被大家稱為「第十二位騎士」，在巨龍國的大會議廳裏特別設有一個銀色的寶座，從沒有誰敢坐在那寶座上，因為那寶座正是為他而設，只有外表謙和、心靈純淨的英雄，才配坐在上面。第十二位騎士的手上刻着烈燄之印，從中射出的藍光，時刻守護着龍族的秘密。

因此，誰的手上帶着烈燄之印這一標記，誰就是龍族一直在尋找的那位騎士……

愛麗絲拍拍手，高聲吩咐道：「快傳令下去，召開龍族大會！」

嘀嘀，噠嘀噠⋯⋯
嘀嘀，噠嘀噠⋯⋯噠嘀噠⋯⋯
嘀嘀，噠嘀噠⋯⋯噠嘀噠⋯⋯

兩個龍族

在夢想國，生活着兩個龍族：一個是愛麗絲領導的銀龍國，另一個是火炭王朝的國王焦木三世率領的巨龍國。每次兩個族羣發生矛盾時，都會召開龍族大會以解決問題。

數千隻**銀色**號角立刻吹響起來，只見**巨龍們**匆匆離開大廳，廳內一片**寂靜**⋯⋯愛麗絲對我說：「跟我來，騎士，你也要參加龍族大會哦。每當我們兩個龍族之間，產生嚴重的矛盾，或是違反了對方部落的**規定**時，我們就會召開這樣的集會。」

第十二位 騎士

愛麗絲停頓片刻，在我耳邊低語道：「我將引領你到通道中，這樣一來，你就可以觀察到龍族大會的各成員了……」

親愛的朋友們，**秘密**就是秘密，我本不該洩露它。但當你們閱讀這本書時，你們正隨我一起，在夢想國馳騁，我相信你們的內心，和我一樣**純淨**。因此你們值得我託付銀龍國的第一個秘密給你……

為了抵達召開龍族大會的會議室，需要輕輕拉起愛麗絲寶座下方的**神秘把手**（也就是這根銀色的弧形把手哦！）。

地板緩緩移開了，露出下方繞旋向下……向下……繞旋向下……向下，繞過一單向下……向下……向下……向下……向下……

龍族大會

圍繞着一個木製的當中鑲銀的**圓形**餐桌，兩個族羣的巨龍代表們紛紛坐了下來。我注意到愛麗絲面前有把空座椅，上面**刻**着一排夢想語。

唔，這就是上面的那段話*。你們能翻譯出來嗎？

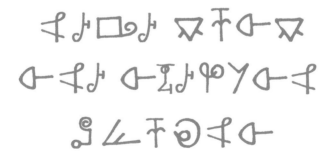

我環顧四周，已經沒有其他空位子了，於是就向那把座椅走去，突然一隻利爪搭在我肩上，身邊

*可以參考324頁的夢想語詞典哦！

傳來一聲大吼，「你好大的膽子，難道你看不懂寶座上寫的字嗎，騎士？」

我回過頭，一條巨龍正狂怒地捶着桌子：

「哇呀呀呀呀呀！」

我定睛一看，那巨龍不正是**火炭王朝的焦木三世**嗎？他指甲折斷了一根，一隻手的手腕上纏着厚厚的繃帶，說話時還帶着患了感冒的重鼻音……

也許他最近經歷了什麼倒霉事，才會神經如此緊張吧！

我扭頭仔細地閱讀那把座椅上的夢想語，終於明白了上面那行字的意思。

火炭王朝的焦木三世

火炭王朝的焦木三世，是巨龍國的統治者。他的脾氣剛烈暴躁，一發怒就從嘴巴裏噴出火球。謝利連摩很早就認識他了：在他第一次漫遊夢想國時，焦木三世賜予他通過巨龍國的通行證：烈餤之印。

85

「只有第十二位騎士，才可以坐上這把座椅。」

我不好意思紅着臉忙道歉：「對不起，我只是看到這裏有個**空位**⋯⋯」

我四下張望着，尋找另一把椅子，哪怕是個小凳子也行⋯⋯

這時，我耳邊突然傳來愛麗絲嚴肅的聲音：「焦木三世，你**怎麼能**這樣和騎士說話？他正是那**第十二個**呀！難道你還不明白嗎？」

焦木三世勉強擠出一絲笑容，僵硬地擺擺手：「那就請坐吧，騎士！」

我感覺，在他的笑容裏，透出一絲嘲諷……

我感覺，在他注視我的目光裏，露出一絲懷疑……

我感覺，他在低聲向我說：「沒那麼簡單，騎士……」

我的臉一下變得刷白，還有什麼事，能比惹怒了會噴火的巨龍國國王更可怕的嗎？我的命好苦啊！

我們最寶貴的秘密⋯⋯

愛麗絲打破了會場的沉默:「各位朋友們,我向大家宣布:我們一直苦苦等待的騎士,終於來到了⋯⋯那就是古老寓言裏描述的:第十二位騎士!」

會場上爆發出一陣震耳欲聾的**歡呼聲**⋯⋯

所有的巨龍齊吼起來(除了焦木三世)!

「嘿嘟嘟嘟嘟嘟!」

所有的巨龍將尾巴**捲**在一起(除了焦木三世)!

所有的巨龍將手爪**握在一起**（除了焦木三世）！

在一片歡呼聲中，愛麗絲卻流露出悲傷的神色：「尊敬的騎士，我信任的**銀龍族**子民們，還有你們——勇敢的**火龍們**，請聽我說！我有一個可怕的消息要告訴大家：最近誕生的**龍蛋**，被偷走了！」

剎那間，所有的巨龍驚訝得目瞪口呆……一顆蛋？一顆**龍蛋**？？？

真的是**剛剛出生**的那顆龍蛋？

究竟是誰，洩露了這個**秘密**？

到底是誰呢？

誰？誰？誰？

誰？誰？誰？

愛麗絲開口了：

「這顆龍蛋，是委託我守護的，我本該守護好它，直到小龍順利誕生那天。這顆龍蛋，對我們龍族十分珍貴：我們大家都知道，每過一千年，才會有一隻小龍誕生……如果龍蛋丟失了，我們的種族就可能滅絕，王國的平衡就可能會被打破，而且……最，最令我難過的，是龍蛋的**秘密**，只有在座的各位才知道……

只有在座的各位，才知道通往安置龍蛋山洞的**秘道**！

只有在座的各位，才知道進入山洞的**暗號**！」

霎那間，整個會場一片寂靜，連根針掉在地上，都能聽得見。愛麗絲抿抿嘴，艱難地說出了那句話：

「這說明：在我們中間，有一個叛徒！」

焦木三世盛怒地打斷了她：「還不如說：出現了一個**女叛徒**……」

聽了這句話，所有的龍都開始交頭接耳，可誰也不敢大聲說什麼。只有我細細的聲音響起來：「你**怎麼能**這麼說愛麗絲？這可不**對**！」

焦木三世毫不理睬我：「她根本不配待在她現在的位置上。因為她讓仙女國皇后**失望**了，她**辜負**了我們大家的重託，因此……她應該立刻**下台**！」

焦木三世說出一連串指責的話後，轉身從書架

對和錯

意大利語裏的單詞「對」，來源於古拉丁語中的IUS，意思是規則。為了讓自己表現得對，也就是正確，我們開始要遵守社會的規則，並聽從年紀比我們大的長輩的意見。隨着我們逐漸長大，我們開始傾聽自己內心深處的聲音，因為只有我們的內心，才能告訴我們什麼是真正的對和錯。

上拿起一本厚厚的書，那本書看上去十分古老，他將書翻開，橫在我們大家面前。

接着他高聲朗讀起來：「**龍族的法規**講得很清楚：誰沒有承擔起相應的責任，就必須在7天之內，離開王國，永世不能再踏上國土！」

龍族的法規

1. 龍族所有子民，必須維護夢想國的最高統治者——仙女國皇后。

2. 龍族所有子民，必須反對女巫國皇后——斯蒂亞的暴政。

3. 龍族所有子民，必須對其所在國家的國王忠誠，並服從龍族大會的決定。

4. 龍族大會，由銀龍國和巨龍國聯合召開，兩個族羣各選出9位智慧的代表參加。必

須參加會議的還有……第十二位騎士，如果有一天，我們能找到他的話！

5. 每當兩個王國遇到危險時，必須召開龍族大會。

6. 每個龍族子民都有義務保護龍蛋：因為這決定了龍族的未來！

7. 「誰沒有承擔起相應的責任，就必須在7天之內，離開王國，永世不能再踏上國土！」

愛麗絲注視着我的雙眼，眼睛有些濕潤：「騎士，我請求你幫助我找回丟失的**龍蛋**！並找出隱藏的叛徒，只有這樣，我才能得救！」

我忠誠地向她發誓：

〈公主，這一切包在我身上！〉

謝謝，你是位真正的朋友！

愛麗絲隨後迎向大家的目光，一字一頓地說：「大家聽着：焦木三世所說的龍族法規並沒有錯，我也一定會**遵照**祖先的法規。如果一個星期後，我不能找回龍蛋，來證明我的清白，我將會**離開**王國，永世不再回來。現在我宣布，這次會議散會！」

我思緒重重，一邊走一邊思量着：我真的有能力完成這個艱巨的任務嗎？

愛麗絲輕輕地呼喚我：「騎士，**請跟我來**！」

她將我帶進樹頂上的一間書房，為我泡了一杯菊花茶，還端出**果汁、小蛋糕**和**乳酪點心**……我欣然接受，開懷暢飲，因為菊花茶能夠讓我鎮定下來……愛麗絲在一旁注視着我，終於開口了：「騎士，謝謝你一直**維護**我。你是位真正的朋友！

「因此，我要告訴你關於龍族的第二個秘密：通向龍蛋守護地的秘密**通道**。踏上這一通道，你將會看到守護龍蛋的秘密山洞！

「秘密就是秘密，只能向最**親密**的朋友透露……既然各位讀者是我的好友，我樂意告訴大家這一切！」

這天，我和愛麗絲返回了龍族議會大廳，她輕輕地按動自己座椅扶手下方的一個小**按鈕**，只見大廳當中

的圓桌突然開始下沉，我們立刻跳上圓桌，隨着它緩緩向下沉去，直到我們置身於一個神秘的大廳內……

.... ，...... ！

　　我們終於抵達了這個神秘的大廳，而肥龍咚咚正在這兒等着我們呢。愛麗絲叮囑他陪我踏上秘密通道，最後到達**守護**龍蛋的秘密岩洞。我倒是樂意告訴各位讀者：究竟怎麼走才能抵達那個秘密岩洞。可是連我自己也弄不清楚，因為肥龍咚咚所作的龍族的**保密措施**可是滴水不漏：

　　首先，咚咚用根布條，**蒙上**了我的雙眼。

① 隨後，他讓我原地**轉**了一千個圈，之後，我的頭昏得像個還在旋轉的陀螺！

② 然後，咚咚讓我以鼠的名義發誓，堅決不偷聽，並吩咐我**捂住**自己的耳朵……

③ 我們總算踏上了旅途，跌跌撞撞的我依稀能判斷出我們身處地下：因為四周的岩壁十分**潮濕**，非常陰冷。

他蒙上了我的雙眼⋯⋯

他讓我原地轉了一干
個圈⋯⋯

他吩咐我捂住自己的
耳朵⋯⋯

我們不知走了多久，終於停在一座岩壁前。我用 **手爪** 仔細摸了摸岩壁：那岩壁光溜溜的，彷彿冰磚般透出一股寒氣來！

感覺岩壁上一絲裂縫也沒有。

我好奇地問：「我們難道要從這裏進去嗎？」

肥龍咚咚回答道：「…… …… …… ，…… ！」

我只聽到他模模糊糊的嗓音：「只要說個 **暗號** ……」可接下去我什麼也聽不清楚（老天作證，我可是用手搵住了耳朵哦！）

過了一會兒，蒙住我眼睛的 **布條** 被揭開了（我的雙手也終於可以不用搵住耳朵啦！）

我看到橫在面前的岩壁上，裂開一道又 **高** 又 **細** 的裂縫，彷彿一根針的針眼。

肥龍咚咚推推我：「這就是我們安放龍蛋的岩洞了。現在，祝你 **好運** 啦，騎士！」

我向他告別，決定隻身踏入這個神秘的洞穴，肥龍咚咚最後叮囑我說：

「在這個岩洞的盡頭，你會找到另一個出口：我會在那兒等你！不過我可要叮囑你，在你即將從那個出口出來時，要重新蒙上布條哦！因為我們的出口也是保密的，這可是屬於我們**龍族的秘密**！」

我答應他：「放心吧，我以老鼠的名義發誓！」

就這樣，我鑽進洞中，摸索了幾步後，我眼前豁然開朗，原來自己置身在一個**巨大的岩洞**中，洞內閃爍着彩虹般七彩光芒。

原來，洞內鑲滿了**飛龍石**，只產於龍國土地的神秘寶石……

這一切真是太壯觀了！

飛龍石

飛龍石是十分稀有的寶石，只產於龍國的土地上。他們能夠讓溫度保持穩定，因此飛龍石十分適合用來保存龍蛋。他們還可以用來治療一些常見的龍族病症，比如喉嚨沙啞、感冒、咳嗽、哮喘等，因此馴龍人常常使用飛龍石，來為自己的小龍治療疾病！

銀龍國的神秘建築：
愛麗絲居住的古樹皇宮

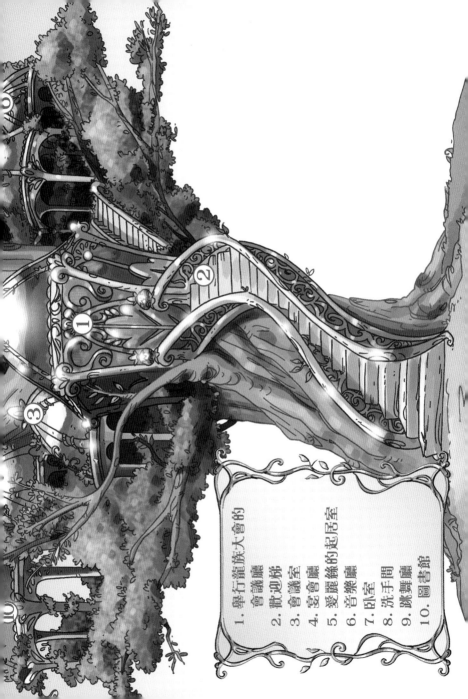

舉行龍族大會的

1. 會議廳
2. 歡迎梯
3. 會議室
4. 宴會廳
5. 愛麗絲的起居室
6. 音樂廳
7. 卧室
8. 洗手間
9. 跳舞廳
10. 圖書館

愛麗絲的皇宮內……

愛麗絲的起居室

宴會廳

寶座
（這裏隱藏着第一個秘密！）

飛龍丘

龍族大會會議廳
（這裏隱藏着第二個秘密！）

地下洞穴
（這裏隱藏着第三個秘密！）

這裏隱藏着三個秘密！

I. 第一個秘密：在愛麗絲的寶座下，隱藏着一個通向龍族大會會議廳的秘密通道！只需要扭動寶座下方的一個把手……

II. 第二個秘密：在龍族大會會議廳內，有一個通向地下暗道的機關。只需要按動愛麗絲座椅扶手下方的一個小按鈕，大廳中的圓桌就會開始下沉……

III. 第三個秘密：在神秘的地下暗道內，有好多扇門，其中一扇通向安置龍蛋的秘密岩洞……不過我可沒法告訴大家，因為我的眼睛被蒙住了！

大山深處

洞穴裏一片**寂靜**，只剩下我孤零零一個。

我甚至聽得到自己的心跳聲。

撲通撲通 撲通撲通 撲通撲通 撲通撲通

洞內的裝飾，真是太美了！

洞內的空氣彷彿蜂蜜一樣黏稠，我感覺自己置身在**古老**而**神秘**的大山深處。

山洞的岩壁上，鑲滿了五顏六色、**純淨的飛龍石**。

它們在黑暗中，夢幻般地透出**瑩瑩**的光芒。

地底下十分炎熱，彷彿地層下有一團火在熊熊燃燒！

也許洞內散發出的陣陣熱量，是

為了 **(保)(護)** 龍蛋的吧。但我幾乎快要被悶死了！

之前的山洞裏寒風撲面，現在又迎來陣陣熱能：這溫度也相差得太大了，我簡直要患上 **感冒** 啦！

這時，我的腦袋裏突然想起了什麼，究竟是什麼呢？

我仔細地向四周張望，發現一條小路的另一端，隱約透出一些光亮：這一定就是肥龍咚咚告訴過我的

山洞的另一個出口吧。我小心翼翼地沿着那條小路走去，經過右側的一道石壁時，我發現在那上面嵌着三扇很有氣派的金屬門。

第一扇門是**青銅**的，第二扇門是**白銀**的，第三扇門則是**黃金**的。

我走近去細細地端詳着這三扇門，只見那扇青銅條鏤空門，不知道被誰將銅條向兩邊使勁掰開，呈現出中間的**空隙**，像是一個洞。

這時，我的腦袋裏突然想起了什麼，可究竟是什麼呢……？

而那扇白銀門的門鎖上布滿了**劃痕**，似乎不知道被誰用尖利的器具刮壞了。

這時，我的腦袋裏突然想起了什麼，可究竟是什麼呢……？

青銅門

白銀門

黃金門

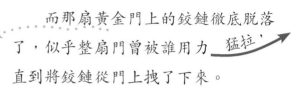

而那扇黃金門上的鉸鏈徹底脫落了，似乎整扇門曾被誰用力 *猛拉*，直到將鉸鏈從門上拽了下來。

只有大力士，才可能拉起那扇門。

這時，我的腦袋裏突然想起了什麼，可究竟是什麼呢⋯⋯？

我在洞裏徘徊着，我絞盡腦汁地想，也想不出這一切究竟是誰幹的**把戲**。

突然，我眼角的餘光，看到了地上躺着一塊紅色的布片⋯⋯

這時，我的腦袋裏突然想起了什麼，可究竟是什麼呢⋯⋯？

我拾起布片，向洞外走去，當然了⋯⋯在走出洞口前，我記得要用布條蒙住自己的眼睛！

因為，我曾經答應過肥龍咚咚，所以我必須信守諾言⋯⋯

眼淚和謊言！

經過在洞內的偵查，我的腦袋卻更糊塗了。我感覺自己似乎**遺漏了**什麼重要的東西，可究竟是什麼呢？我慢吞吞地踱着步子，走進圖書館，反覆思索着。我提起筆，將自己所掌握的信息刷刷地寫下來，將**可疑**的部分用其他顏色標記出來：

1 想要進入地下岩洞，必須掌握**開門的密碼**（但是只有愛麗絲最親密的朋友，才會知道這密碼！）

2 青銅門上的銅條不知道被誰**掰彎**了（只有大力士，才可能將銅條掰彎！）

3 白銀門的門鎖上布滿了**劃痕**（我在哪裏曾經看到過相似的劃痕呢？）

4 黃金門上的鉸鏈徹底 ___脫落→___ 了（只有大力士，才可能拉起整扇門！）

5 地上的那一塊破紅布，是否說明某位穿**紅色**衣服的訪客，曾經來到過岩洞（也許正是那個綁架了龍蛋的叛徒？也許他當時穿了紅色衣服？）

我正苦苦思索着，一聲響亮的噴嚏聲在我背後響起來，「啊嚏！」原來是患了重感冒的焦木三世。天知道他怎麼會染上感冒？

焦木三世面色凝重地從口袋裏掏出手帕，捂住眼睛，熱淚滾滾而下。

「**嗚嗚嗚嗚嗚嗚嗚嗚嗚嗚！**」

我聞到一股洋葱的味道，*好奇怪*⋯⋯

115

焦木三世還在哇哇大哭，奇怪的是，我感覺他似乎並不那麼難過。

　　「太悲慘了！太悲慘了！太悲慘了！最後一顆龍蛋……丟了……永遠找不到了！」

　　焦木三世捏住鼻子，用力地擤鼻涕：

　　「噎噎噎噎噎噎！噎噎噎噎噎噎！噎噎噎噎噎噎！」

　　我仍然聞到一股洋蔥的味道，好奇怪……

　　焦木三世踱着步子，向我走來。

　　　那股洋蔥味，變得越來越強烈了，好奇怪……

原來如此……

　　也許焦木三世午餐吃了洋蔥？

　　我斗膽跨上前，向他致意：「尊敬的陛下，我能邀請您共進晚餐嗎？我吩咐廚師準備了美味的洋蔥湯哦！」

　　焦木三世皺皺眉頭：「不，謝啦，我最討厭吃洋蔥了！要是晚餐有辣椒吃，我倒是很樂意！辣椒才是我的最愛！」

116

原來如此……看來焦木三世並沒有吃洋蔥，可洋蔥的 **氣味** 又是從哪兒來的呢？？？

我正要向他問個清楚，焦木三世卻打了個大噴嚏：

「啊嚏嚏嚏嚏！」

他的手一抖，一個圓鼓鼓的東西，從他手帕裏滾出來，掉在地上。

→ 洋蔥頭

焦木三世眼明手快，一把伸出腳爪，蓋住了那東西……隨後又假裝沒事似的彎下腰，將那東西撿起

關於洋蔥的小知識

為什麼洋蔥會讓人流淚？原來洋蔥被切開時會釋放出一種酶，叫做蒜胺酸酶。它是導致你流淚的原因。因此，在你剝洋蔥時，切記不要用手去碰眼睛哦！

洋蔥中含有大蒜素，因而有很強的殺菌能力。有抑菌防腐治感冒的特殊功效哦。

來，迅速地揣在口袋裏……

不過這一切，都逃不過我的眼睛：掉

在地上的，原來是一瓣**洋蔥頭**！

原來焦木三世一直將洋蔥頭揞在手帕裏，他的

眼淚就是這樣變出來的呀！

看來他並不是真的很傷心……

他為什麼要說謊呢？為什麼要演戲

給我看？

我真的糊塗了：難道這一切都是焦木三世演出的

一場戲嗎？但有件事我很確定：以後我不能相信他的

話了！

謊言

撒謊是不對的，因為
這樣會帶來消極的後果！

如果我們向朋友撒
謊，那麼當大家了解真相
時，就再也不會相信我們
所說的話了！

因此，為了保持朋友
對我們的信任，真誠是很
重要的。

唉……唉……唉！

唉……唉……唉……我覺得：焦木三世的舉止行為十分**可疑**……整個夜晚，我都坐在圖書館的窗前，望着夜空中皎潔的**月亮**，腦袋裏翻來覆去地思索着：究竟是誰偷走了龍蛋？究竟是誰？？？

就在這時，突然一道黑影從我窗前的樹底下**掠過**，迅速地消失在夜色中。我渾身不禁一陣戰慄。

那道黑影對我來說如此熟悉，那不是別人，正是不能説名字的女巫——**斯蒂亞！**

斯蒂亞

她是女巫國的皇后、不能説名字的女巫、黑暗女神；她是讓人哆嗦的霸主、噩夢的主宰者；她也是巫師中的佼佼者、魔法界的大師、權力無邊的統治者；她還是女巫中的女王、黑暗軍隊的統帥、恐懼的釋放者。她能釋放出無邊的恐懼，並能控制黑夜的生靈。

我思緒重重地邁出圖書館，卻忘記了飛龍建的房屋門口並沒有安裝台階。這下可慘了，我一腳踏空，變？

苦命的我一頭栽在**荊棘叢**裏，頃刻間變成了一個渾身紮滿刺的針線包。

我忍不住哀叫起來：

「哎喲喲喲！」

但我又趕緊捂住嘴巴：如果女巫斯蒂亞聽見了我的叫聲，那可就慘了。

突然，我聽見不遠處的一塊巨石後面，傳來**竊竊私語**，那聲音聽來十分熟悉，那不正是斯蒂亞的聲音嗎？

「你幹得**很好**，事成之後，我會付給你豐厚的報酬。到時候：愛麗絲一定會十分**後悔**，她的王國

122

在七天內就要灰飛煙滅！」

一把低沉的聲音傳來：「到時候這一切就都歸我了，統統歸我！」

「不錯，但前提是你必須完成我交給你的任務……」

「別擔心，陛下：龍蛋藏得好好的！一旦愛麗絲中計了，我們就馬上**進攻**，踏平她的王國！」

「這樣一來，整個夢想國都要跪拜在我的腳下，聽從我斯蒂亞的命令……」

我正側耳聆聽，女巫狐疑地中斷了談話：「別出聲，我聞到了老鼠的氣味……」

我趕緊輕手輕腳地離開，飛快地**溜走**了。

我的心都蹦到了嗓子眼兒，撒開腿爪狂奔，總算平安抵達了我的房間。我往牀上一躺，大腦飛快地**運轉**起來……

「究竟是誰如此**邪惡**，竟會與女巫結盟呢？」

我的眼皮變得越來越沉，勞累了一天之後的我，很快便沉沉地**墜入夢鄉**……

真相一定會水落石出！

天剛蒙蒙亮，肥龍咚咚的大嗓門就在我耳邊炸開了：

「快起牀！！！」

原來龍族大會再次召開了，愛麗絲正在等着我呢。

我匆匆梳洗了一下，就向會議大廳奔去。巨龍們正排排坐，大眼瞪小眼地等候着我的到來。

我的腳剛一踏進大廳，愛麗絲就**焦急**地問我：

「早安騎士，你的調查，有什麼新發現嗎？」

「沒錯，公主殿下。昨夜我碰巧聽到了女巫斯蒂亞，和我們中的某個叛徒之間的對話……雙方甚至達成了秘密協定！」

在座的巨龍交頭接耳：**「啊，不會吧！」**

愛麗絲的眼神十分嚴肅：「這真是個可怕的消息……原來隱藏在龍蛋失蹤背後的黑手，是善於謀略的女巫斯蒂亞！」

焦木三世**不耐煩**地喝道：「少廢話，公主你要是七天之內，不把龍蛋找回來，就得乖乖走人！」

愛麗絲扭頭望着我，說道：「騎士，你正是古老預言裏拯救龍族的英雄，我請求你為我們找回**丟失的龍蛋**。只有你，才能完成這個重要的使命！」

我緊張得直冒冷汗：這幾乎是個不可能完成的任務啊！

愛麗絲的聲音在大廳裏響起來：「誰願意與騎士同去，踏上這個充滿危險的旅途？」

大廳裏一片死寂，突然一個熟悉的大舌音響了起來：「我、我、我去，公……公主殿下！」

愛麗絲露出久違的 **笑容**。

「你怎麼會在這兒？你可沒有獲得邀請來參加龍族的集會！不過你的勇氣可嘉，我親愛的癩蛤蟆朋友，好吧，我們批准你與騎士**同行**！」

一聽到這話，賴嘰嘰樂得一蹦三丈高，在大廳裏歡快地**蹦來跳去**。

一想到這位癩蛤蟆朋友，又要一路在我耳邊**囉嗦**個不停，我的頭皮都發麻了……可我明白：賴嘰嘰真心想要助我一臂之力，才會主動提出要隨我一同踏上征途。他真不愧是位真正的朋友，雖然他也是個不折不扣的**話匣子**！

我真希望有更多的朋友加入進來，可以與我**並肩戰鬥**。我高聲詢問着大家：「還有誰，願意與我們同去嗎？」

團結的力量

在我們遇到困難時，朋友的幫助能將我們拉出困境……

我們真正的朋友，並不一定需要十分強大，或者十分富有，或者十分聰明。比這些更重要的，是他有一顆善良而真誠的心！

大廳裏卻靜悄悄的，看來沒有誰願意幫助我了……

我感到很傷心，愛麗絲朝我眨眨眼，會心地向我微笑，然後她就宣布集會結束。等到大家解散後，愛麗絲引我和賴嘰嘰來到一座孤零零的小山包前。原來，彩虹巨龍和愛麗絲的坐騎——火花，正在那兒等着我們呢。

愛麗絲向我開口說道：「騎士，我沒有在開會時告訴你，因為他們一定會阻攔我……但我早已下定了決心……我要和你們**一起去**！」

火花也向前邁了一步。

「我會跟隨你同去，勇敢的小主人。」

彩虹巨龍興奮地搖着尾巴：「朋友們，算我一個，我也和你們一起去。」

我的心中充滿了**信心**和**希望**。

「兄弟同心，其利斷金！我們一定能夠找回龍蛋……捍衞銀龍國公主的尊嚴。我們的隊伍，就叫做銀龍國伙伴團吧。我們的格言：**真相一定會水落石出！**」

突然，我想起了一件事，尷尬地撓着頭皮：「伙伴們，現在我也不知道該如何帶領大家，因為，我們還沒有發現任何**線索**……」

就在這時，我們聽見翅膀**忽閃忽閃的聲音……**

128

真相一定會 水落石出！

不一會兒，一隻白色的獨角獸翩然飛過來，脖子上還繫着條金鏈子，上面掛着卷羊皮卷。

獨角獸向我點頭致意，開口説：

「騎士，仙女國的皇后芙勒迪娜，託我給你帶來一封信！」

我打開羊皮卷，上面用夢想語寫着一段話，你們能讀懂上面寫了什麼嗎？*

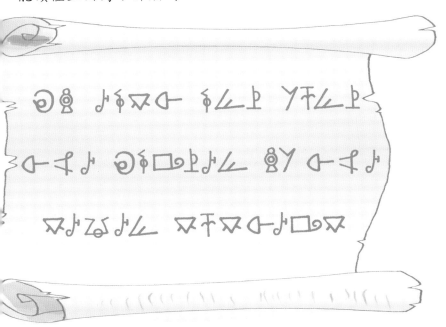

*可以參考 324 頁上的夢想語詞典哦！

我大聲朗讀着上面的話給伙伴聽：

　　「向東走，

　　　　找到

　　　　　七姐妹花園。」

我還是摸不着頭腦：什麼花園？

什麼**七姐妹**？

　　我只明白了一件事，就是我們應該**向東**走……

　　好吧，我們該行動了！

　　我高聲招呼着大家：

　　「伙伴們，我們出發吧！向太陽升起的方向前進！」

向東前進

　　謝利連摩招呼大家向太陽升起的方向前進，因為太陽總是從東方升起，在西方落下。如果你沒有指南針，那你只需要分辨出太陽升起和落下的方向，就能知道東西方位了。

尋找
丟失的龍蛋

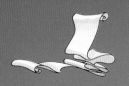

向太陽升起的方向前進

愛麗絲騎上火花，賴嘰嘰和我跨到彩虹巨龍背上。

火花和彩虹巨龍一陣**助跑**後，張開寬大有力的**翅膀**，飛上泛着玫瑰色晨曦的天空。

風聲在我耳邊呼呼地響着，伴隨着賴嘰嘰的**嘮叨聲**：「騎士，我下定了決……決心，我要寫一

首關於**龍**的史詩，那將是一篇驚天地、泣鬼神的傳奇故事！我第一個把這決心告訴你，你聽了是不是很……很激動啊？這樣吧，我每寫好**一段**，都會讀給你聽，這樣你在漫長的旅途裏，就永……永遠**不會寂寞**了！你是不是很開心呀？是不是為擁有我這樣浪漫的文學蛙朋友，而感到深深的自豪呢？」

「你可千萬別擔心我，賴嘰嘰，其實我**好得很**，一點兒都不寂寞，謝謝你啦！」

「別裝模作樣地**說客氣話**啦，騎……騎士！聽我唸詩一行，永生都難忘！

什麼？你聽到我說的話了嗎？聽我唸詩**一行**，永生都**難忘**！哦，我真佩服自己，連我隨口說的一句話，都這麼富有韻味！！！」

我無奈地點點頭：「好吧，賴嘰嘰，你確實是個奇才。不過現在天也晚了，求你別在我耳邊讓我分心，我現在不僅要尋找**神秘的花園**，還要在龍背上保持平衡，還要和我一貫的畏高症做搏鬥，你知道同時做這三件事有多難嗎？」

「好吧，騎……騎士，不過我現在真的是詩興大發哦！」

我**哀歎**道：「拜託你，讓我安靜一會兒吧。」

賴嘰嘰坐在我背後，不安分地**嘟嘟嚷嚷**……就這樣，他的嘮叨聲一路伴隨着我！**我的命**可真苦呀，我的耳朵都被折磨得長繭子了！

從小到大，我可從來沒有見識過一個比賴嘰嘰更加**饒舌**、**好動**的朋友……

我只好強迫自己**集中精力**，仔細回想仙女國皇后那封信中蘊含的**神秘**意義。數不清的問題從我腦袋裏接連地跳出來。

135

七姐妹究竟是**誰**？

我該到**哪兒**去找她們呢？

我**為什麼**要**找到**她們呢？

倍感無聊的賴嘰嘰，坐在我身後，興致很高地**砰砰**彈着我的盔甲玩。

我強忍着裝作沒感覺，但他又開始拉扯我的尾巴，玩得不知有多開心！

好吧，我再忍着，但他竟然惡作劇般地在我耳邊**尖叫**一聲。

「**騎士士士士士！**」

我嚇得一個趔趄，頓時失去了**平衡**！

我高叫起來：「救命呀！我要摔下去啦啦啦！」

謝利連摩的尾巴

就在這千鈞一髮之際，彩虹巨龍一口叼住了我的尾巴！

我就這樣垂直地懸在空中，飄飄蕩蕩……

救命啊啊啊啊啊！

可憐的我呀，頭都暈死了！

我半吊在空中，恐慌地盯着下方宛如棉花糖般軟綿綿的雲朵。

一時間，我的嘴巴張得很大，什麼話也說不出來。如果我不是被嚇破了膽，那我一定就是被天空中的美景嚇呆了！

突然，透過層層雲朵，我隱約看到一個形狀古怪的花園！

難道，這就是七姐妹花園嗎？

謝利連摩·史提頓

七姐妹花園

在一陣讓我們頭暈目眩的快速下降後，我們終於着陸了，可我頭暈得已經分不清東南西北了⋯⋯

在我們面前，橫着一道 金色柵欄 。

金柵欄門上嵌着一枚 金色紋章 ，旁邊的門柱上掛着一塊金色門牌，上面用夢想語寫着一段話。你們能看懂這段話的意思嗎？*

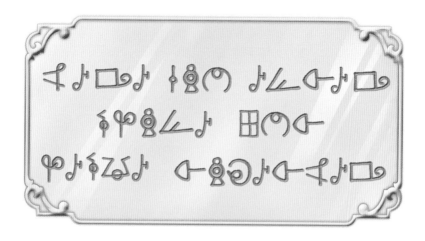

*可以參考 324 頁上的夢想語詞典哦！

愛麗絲一字一頓地讀出上面的字：

一個一個進來

卻排成一隊出去！

好奇怪的話呀！

這句話到底是什麼意思呢？

我上下打量着這道金色柵欄門。

很明顯，只有用**鑰匙**，才能打開這道緊鎖的柵欄門。

我們怎麼才能鑽進去呢？

我正想着，一個細小的**聲音**從旁邊傳出來。

「喂！就是你⋯⋯喂！」

我向四周張望着，什麼也沒看見。

我困惑地詢問周圍的朋友們：「你們聽見什麼了嗎？」

「沒有，怎麼了？」

「很細小的**聲音**，仔細聽！」

伙伴們和我都豎起了耳朵，那聲音斷斷續續傳出來：

「喂，就是你呀！說你呢，你這個一身盔甲的大塊頭！我在這兒呢，就在你的鼻子下面……」

我瞪大眼睛，注視着前方，什麼也沒看到，只有那道高高的金色柵欄門，柵欄門後透出隱約的花園景致。

真的什麼也沒有呀。

我仔仔細細仔仔細細地湊近再觀察，原來就在我的鼻子下面……

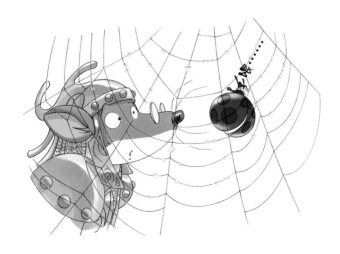

原來，在金色柵欄的欄杆上，掛着一張**蜘蛛網**，一隻小小的（七）（星）（瓢）（蟲）被困在網上，正在拼命掙扎！

我小心翼翼地走近，用手指輕輕撥開繞在她身上的**網線**。

那隻圓乎乎的小瓢蟲就從網上掉在我手上了，她感動得直抹眼淚：

「謝謝你救了我的命！再差幾分鐘，蜘蛛就要爬過來，把我吃掉啦……」

我對她笑笑：「不用謝，小瓢蟲，我很高興能夠幫助**困境中**的朋友，特別是對你這樣有禮貌的女士！」

「哦，難道說……你是位真正的騎士！你真是位好心的紳士！哦，我差點忘了自我介紹……我是綠草坪王國三葉草王朝的好運妹！求求你行行好，騎士，帶我一起走吧！我害怕孤身一個留在這裏：那隻可怕的**蜘蛛**就在這附近……」

我趕忙安慰她：「親愛的好運妹，我們不會拋下你不管。如果你願意，歡迎你加入銀龍國的伙伴

圍！」

小瓢蟲激動地加入到我們的隊伍。

我看到一顆珍珠般**晶瑩**的淚珠從她眼角滴下來，滴落在地上。**啪！**

她細細的小嗓音又響起來了：「騎士，現在我也是伙伴團的一員了。為了謝謝你救我這一命，我要告訴你兩個消息：一個好的，一個壞的。好消息就是：這裏正是七姐妹花園。壞消息則是：這裏禁止任何巨龍進入！」

歡迎加入伙伴團，好運妹！

好運妹

好運妹

三葉草王朝的好運妹
綠草坪王國的小公主

好運妹是綠草坪王國三葉草王朝的的小公主，她雖然只是個小小的七星瓢蟲，性格卻慷慨大方，很講義氣。她的皇宮建在一朵罌粟花上。

好運妹總是一副笑呵呵的樣子，樂觀豁達，她總能看到事物積極的一面。一朵花開，一片彩虹，都能讓她快樂好一陣子。她的綽號「好運妹」就是這樣得來的，因為她的好性格不僅給她自己，也給周圍的朋友帶來好運。

好運妹會講好多門語言：蟬語、螞蟻語、蟋蟀語、蟑螂語，對她都是輕而易舉！

她是個小不點，膽子卻很大。她惟一害怕的，就是張牙舞爪的蜘蛛！因為好運妹的許多瓢蟲朋友，都被這種可怕的生物吞進了肚子裏！

好運妹剛才就是一不小心，被困在一隻大蜘蛛結的網上。幸好第十二位騎士及時趕到，將她解救出來。真是好險哪，綠草坪王國的小公主總算保住了性命！

看來形勢所迫，我們不得不與兩條巨龍分離了（要知道在危險降臨時，兩頭巨龍能發揮多麼大的作用啊！）。愛麗絲囑咐巨龍朋友：「看來我們不得不暫時分開了，如果你們聽到我的**笛聲**，就立刻飛回來找我吧！」

龍兒們聽話地點點頭，轉身離去，我們目送他們的身影變得越來越小。我扭頭好奇地問好運妹：「好運妹，你知道該如何進入這個奇怪的花園嗎？」

賴嘰嘰也插嘴進來：「怎麼進，你快說呀！」

「有**密碼**嗎？」

「有**魔術**嗎？」

「有 **隱 藏 的 暗 道** 嗎？」

「難道說要等到圓月時，**月亮**照到鎖眼時，門才會打開嗎？」

「才不是呢，朋友們，根本沒有什麼魔術、什麼暗道、什麼鎖眼……要想進去，只需要**真心**並且**禮貌**地請求這扇門就夠了！」

148

我簡直不敢相信自己的耳朵，難道進入花園

就這麼簡單嗎⋯⋯

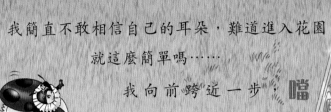 我向前跨近一步，噹

噹！我敲了敲門：「請問，

我可以進來嗎？」

我的話音剛落，高高的金色柵欄

門便緩緩地向兩側張開：

「吱吱吱吱嘎嘎嘎嘎嘎嘎！」

就這樣，我和伙伴們興奮

地進入七姐妹花園⋯⋯

滿園春色

跨進花園門的那一刻，我心裏莫名地感到一陣**擔憂**。

我反覆琢磨着，感到疑惑：奇怪……居然就這麼進來了，那也非常簡單，應該說是太**簡單**了吧！腦袋裏似乎有個聲音在告誡我：等會兒想出去就難了！

還沒走幾步，我就留意到，這個花園似乎有哪裏很特別⋯⋯

一陣**暖風**迎面向我吹來，我的鬍鬚都激動得**豎**起來⋯⋯

小鳥在枝椏上**嘰嘰喳喳**地唱着歌⋯⋯

櫻桃樹上掛滿了一團團怒放的花朵⋯⋯

綠油油的草坪，在陽光下閃閃發亮，上面點綴着一叢叢鮮嫩的**雛菊**、

迎春花、紫羅蘭⋯⋯

花壇裏一片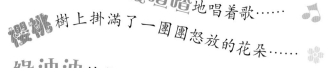，彷彿一個感情豐富的藝術家不小心打翻了他的調色盤。

多麼耀眼炫目的顏色啊！

映襯着**蔚藍**的天空，水仙花搖動着它**嫩黃**的花瓣，鬱金香頑皮地一身**大紅**和**金黃**，鈴蘭則羞

澀地穿着純白的衣服⋯⋯百花盛開，好一片**春天**的美景哦！

可是⋯⋯距離這裏幾米遠的柵欄外面，明明已經是**秋天**了呀！

這究竟是怎麼回事？

芬芳的風……

大家對花園裏看到的這一切，感到十分驚奇。

忽然愛麗絲低聲對我說：「噓噓噓，伙伴們，大家安靜點！有人在觀察我們呢……」

我小聲問：「在哪裏？」

賴嘰嘰高聲問：「在哪裏？在哪裏？」

好運妹搖頭晃腦地問：「在哪裏？在哪裏？在哪裏？」

愛麗絲答道：「我什麼人也沒看到，可是我能感覺到他們的存在……他們一直在觀察着我們！」

突然，一陣惡作劇般的大笑從我們頭頂飄過來，彷彿春天裏調皮的風。

嘻嘻嘻！　呼呼呼！

哈哈哈！　呵呵呵！　嘿嘿嘿！

　　那聲音是從一棵盛開着的玉蘭樹上傳來的。

一陣**芬芳**的風迎面吹來……

　　……滴溜溜地吹落我的**頭盔**……

　　　　……吹亂了愛麗絲的**金髮**……

　　　　……也刮掉了賴嘰嘰的**帽子**……

　　　　……細小的**花粉**鑽進我的鼻孔，害得我打了個大大的**噴嚏**……噯!

　　　　……小瓢蟲緊張得趕忙死死地**拉住**我的衣角，不然，她可就要被風颳走了!

　　不一會兒，一片裹滿**花瓣**的

雲停在我們前方。雲朵裏露出兩張秀麗的小臉。原來是兩個小姑娘，身上蓋滿了花瓣。

兩個小姑娘禮貌地向我們鞠躬，自我介紹起來。

「我叫和風，是掌管風的仙女。她叫迎春，是掌管花朵的仙女。我們兩個，是七姐妹裏最年輕的兩姐妹！歡迎來到**七姐妹**花園……

和風與迎春

　　和風與迎春是屬於春天的兩個小仙女。和風，性格可愛又頑皮，為人們送來和熙的春風。迎春則負責讓百花開放。

　　和風咯咯地笑起來，一陣陣暖風**調皮**地圍繞着我嬉戲。

　　「騎士，春天的微風，早就將你的**麻煩**告訴了我……我知道你們需要完成**艱巨**的使命……我還知道銀龍國公主的王宮裏出了**叛徒**……我也知道龍蛋**被偷走**了……

　　迎春也嘿嘿笑起來，一團花粉又鑽進了我的鼻孔。「**啊啊啊啊啊嚏嚏嚏**！」

　　「騎士，我知道你需要**幫忙**，需要幫很多的忙！我們倒可以給你一些旅途中有用的**饋贈**和**建議**，不過……」

　　我**緊張**地問：「不過什麼？」

　　她的聲音拖長了：「不過過過……」

　　「不過過過什麼？」我的心**揪緊**了。

　　和風狡點地望着我，**大眼睛**滴溜溜地轉。

　　「不過你們若想走出這個花園，需要通過一個小

158

小的**考驗**……你們之中，有誰**志願**參加呢？」

　　伙伴們紛紛退後**一步**……這樣一來，仍站在原地的我就變成了志願者！

　　我心裏打起了退堂鼓。

　　這兩個小姑娘，雖然很可愛，可她們實在太太太太**調皮**了！

　　天知道她們葫蘆裏到底賣的什麼藥？

一朵鮮花和一隻蝴蝶

在給我出考驗題前，和風遞給我一塊天藍色的小石頭，上面刻着一隻栩栩如生的蝴蝶。

「這就是我送給你的禮物！在你遇到困難，不知道何去何從時，它會提醒你從另外一個角度觀察事物，就彷彿你長了翅膀般，能夠飛到高處看問題！」

而迎春則獻給我一朵含苞欲放的玫瑰花。「我很樂意將它送給你。如果你能好好照顧它，你們會收穫許多驚喜哦！」

我趕忙謝謝兩位姑娘，不過說實話，我真的看不出她們送給我的寶貝有什麼用。

蝴蝶的秘密

蝴蝶十分嬌嫩，而且很脆弱，不過她會飛翔！她能夠飛離地面，從高處看待問題！這就是她的秘密：她善於從另一個角度觀察問題，能夠比其他伙伴看得更遠。

160

我還以為自己會收到些更實用的禮物呢 ：一朵**花**和一隻**蝴蝶**，就憑這兩樣東西，怎麼能找回丟失的**龍蛋**呢？

和風的大眼睛一眨一眨，似乎明白了我的心思。

「騎士，總有一天，你會明白這禮物的**價值**。芙勒迪娜特地叮囑我們將禮物交給你哦！」

我還是不敢怠慢地將這兩樣東西放進口袋，向花園出口處的**柵欄門**走去。不過，和風卻悄悄轉到我背後，冷不防用布帶**蒙住**我的眼睛。

「別心急呀，騎士！你難道忘了我說的話了嗎？你要想走出這個花園，必須先通過一個小小的考驗哦……」

我的心裏一陣緊張。

神秘的香味

「現在，我要給你聞一種神秘的香味。如果你猜不出它是什麼香味，你就要永遠留在花園裏哦！」

我的心裏更緊張了！

要知道眼下，我們只有七天的時間一定得找回龍蛋：不然**愛麗娜**就要被迫離開她的故土了！

我感覺，小仙女將一個**神秘**的容器，放在我的鼻尖下面。

……的香味……的香味……的香味

我使勁聞啊……聞啊……聞啊！那是一種**甜美**的香氣，應該說是十分**濃郁**的香氣！咕嘰嘰……

我的鼻子由於用力過猛，變得**又紅又腫**……

我的心裏好緊張哦！

我可不能洩氣……***艱巨的***使命還在等着我呢！

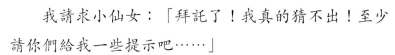

我想破腦袋，使勁地聞，也猜不出來是什麼香味呀！

我請求小仙女：「拜託了！我真的猜不出！至少請你們給我一些提示吧……」

兩個小仙女調皮地給我提示了一個字謎。

「**神秘**的香氣來自於這朵花。

一天，一隻烏龜在河邊散步，
走着走着一不小心掉進了河裏，
濺起了一團水花。
謎底：這是什麼花？」

我激動地揮起**前爪**，我已經**猜**出來了，你們呢？

很快，蒙在我頭上的布條被取了下來，伙伴們興奮地大呼小叫，朝我**撲過來**。

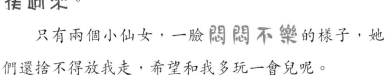

只有兩個小仙女，一臉**悶悶不樂**的樣子，她們還捨不得放我走，希望和我多玩一會兒呢。

164

春天

夏天

夏天！

　　穿越花園的一道柵欄門，我們驚訝地發現天氣變得更加**炎熱**了！不知疲倦的**蟬**在「知了知了」地叫，**小蜜蜂**嗡嗡地飛來飛去，一簇簇花朵嬌豔地捧出**燦爛**的色彩，**濃鬱的**綠色彷彿要滴出來……

　　毫無疑問，這裏是一片**夏天**！

　　賴嘰嘰在花叢中激動得上躥下跳。

　　「哦騎士，多麼鮮豔的**色彩**呀！真讓我詩興大發！只需片刻，我就能寫出一篇浪漫的**小詩**了！」

　　「賴嘰嘰，現在可不是作詩的時候！我們必須想辦法從這裏出去才行。」

　　我們的瓢蟲朋友，好運妹拍拍胸脯：「交給我吧！我去問問在枝頭上唱歌的蟬兄弟！」

　　「可是……」我傻呼呼地問：「那些蟬能聽懂你的話嗎？」

　　「沒問題，我懂得他們的語言！就是**蟬語**呀！」

好運妹張開翅膀，飛走了。只見一羣蟬兒正停在**罌粟花**叢中，搖頭晃腦地高聲**歌唱**着。好運妹停在枝頭，和他們你一言我一語地**聊**起來。

「知了知了，知了了，了了知，知了知了了？」

「知了，了知，知知了，知知了了！」

「知了知了！」

不一會兒，好運妹就飛回來了。我傻乎乎地問：「不好意思，他們和你**說**了些什麼呀？」

夏天 夏天

「他告訴我們：我們應該先往這兒走，再往那兒走，再往右轉，接下來往左轉，隨後再往右轉……」

我們乖乖地跟着好運妹的**指示**，在大太陽下跋涉了好幾個小時……

直到我們暈頭轉向，徹底**迷了路**！

我們再也**走不動**了，一個個東倒西歪地躺在一棵掛滿了**果實**的桃樹下。

可就在一眨眼的工夫，那棵桃樹居然消失了！

在原來桃樹的位置上，站着兩位少女：一個手上握着根橄欖枝條，另一個拎着籃子，籃子裏面裝滿了金燦燦的種子。

「我名叫桃紅，是掌管水果的仙女；她是我的妹妹珍琪，負責大地的收成。騎士，請接受我們的一片心意！」

名叫桃紅的少女將橄欖枝遞給我。

橄欖枝

對於古希臘人來說，橄欖是勝利的象徵。奧林匹克運動會上的優勝者，會被授予野生橄欖枝桂冠。而對於古羅馬人來說，橄欖枝成為「和平」的代名詞。

桃紅和珍琪

她們是屬於夏天的仙女！她們的職責，是讓花朵們更美，為了這個目的，姐妹倆辛勤地在花園裏工作！

　　她接着對我說：「有一天，當形勢變得十分危急，戰爭馬上就要爆發時，這根橄欖枝能夠提醒你**和平**是多麼可貴！」

　　珍琪在我手裏塞一捧**金燦燦**的種子，喃喃地說：「參天**大樹**，都是從一棵小小的種子發芽長成的！」

　　她們的好意我心領了，我彎下腰禮貌地鞠躬致謝，隨後問他們：「請問你們可以告訴我接下來的路怎麼走嗎？」

　　珍琪為我指路：「穿過前面的**小橋**，再越過一道**籬笆牆**，你們會看到一條小徑，通向花園的另一方。隨後，你們只需要再跨過一道鮮花拱門⋯⋯」

秋天！

　　花園裏的景色再一次發生了奇妙的變幻……秋天來臨了！

　　空氣變得清冽涼爽，　樹枝上掛滿了片片黃色、紅色、棕色的葉子。

　　從我們前方的一片薄霧裏，鑽出來兩個典雅的女子，似乎她們已經在這裏等候多時了。

金鈴和水晶

　　她們是屬於秋天的仙女。金鈴是掌管時間的仙女，她手捧着一個大大的沙漏，負責萬物跟隨時間的韻律生長。

　　水晶是掌管水流的仙女，象徵純淨和真誠。

兩位仙女搖搖頭，有些責備地對我們説：「騎士，你們**來遲**了！你們面前還有一項緊急的任務要完成，而我們也一樣：要知道秋天很快就要過去了！我們卻仍有許多工作沒完成：為所有的樹葉染色和收穫已經成熟的果實……

　　「現在，你們要加快步伐了：我們要贈給你幾樣禮物和一點建議！我的名字叫**金鈴**，負責掌管時間。現在我將手裏這個漂亮的**金色沙漏**贈給你。不過真正需要你們珍惜的，並不是這個沙漏，而是它所代表的——不斷流逝的時間！每一秒都是珍貴的……如果你們需要一些時間，你們可以按下沙漏上的這個按鈕，這樣一來，時間就會停止走動一小時。記住只是僅僅一小時哦，請你們好好地運用它！」

時間的可貴

　　真正懂得時間寶貴的，是那些懂得使用它的人……每一秒都是獨特的，因為它逝去了，就不會再重來！如果你想送給最重要的朋友一樣特別的禮物，那就送給他你最珍貴的東西吧：你的時間！

另一位仙女飄上前來，只見，她長長的墨綠色頭髮上滴着晶瑩的露珠，她蔚藍色的裙襬彷彿水流般飄逸。原來她就是水晶，掌管水流的仙女！

她向我微笑着，並交給我一個細長的水晶瓶，裏面盛滿了清水。

「這是生命之水，來自於青春泉。只要一滴，就可以治癒傷口。只需要兩滴，就可以重獲青春！不過你們要注意，千萬不能喝兩滴以上……」

兩位仙女的禮物讓我大開眼界，我真想和她們好好聊聊天，可我突然想起來……時間正在飛快地流逝！於是我謝過她們，便和伙伴們一起，跨過了另一道柵欄門……

在門的另一側，等待我的又將會是什麼呢？

秋天

冬天

沉默的禮物

　　我們沒走幾步，就發現……身邊一片刺骨的 ：竟然是冬天來了！

　　紛紛揚揚的雪花，落在我們身上，呼嘯的寒風從我們耳邊掠過。

　　大家手**拉**着手，一腳深一腳淺地在積雪

中**跋涉**。天地間一片蒼茫，只有這樣保持隊形，大家才能夠不掉隊。

我們在暴風雪中艱難地移動着腳步，直到來到一片冰湖前方。在如鏡面般冰凍的湖中央，站着一個神秘的女子。

她圍着一件**斗篷**，立在冰上一動不動，宛如一

尊雕像。

我們躡手躡腳地從這名女子身旁經過，只見她腳下的一塊冰磚上刻着一行字：我名叫極光。而我要贈給你們一份禮物：沉默。

多奇怪的禮物啊！

我坐在她的腳下，長時間地注視着她的雙眼，思索着我們接下來將要走的路。

沉默是金

當我們需要完成重要的事（比如做功課，或者入睡……）我們需要保持安靜。因為安靜讓我們集中注意力，能夠更好地完成任務，安靜也讓我們有時間來傾聽自己的內心。因此人們常說：沉默是金！

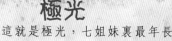

極光

這就是極光，七姐妹裏最年長的一位！

她是屬於冬天的仙女，掌管着冰雪。她獨自一人住在花園裏，因為她不喜歡被打擾。她的衣服由冰雪雕刻而成，潔白的額頭上戴着晶瑩的冰冠。她的花園裏沒有其他裝飾，只有冰雪和風霜。

忽然，我發現極光高舉的手，正指向遠方。原來一直沉默的極光，是用這種方式，來為我們指明前進的方向！

她指向的路，通向遠方聳立的山巒，那上面雲霧繚繞。

我疑惑而仔細地望着極光，這時才發現在她的手臂上，寫着一行小字：

「勇敢的騎士，一路平安！」

原來如此，我決心順着她指向的路前行。我在沉默中坐了一會兒，認真地思索着⋯⋯仙女賜給我這奇怪的禮物，讓我懂得了思考。

為了不打擾她，我在冰雪上無聲地寫下一行大字：

謝謝你，極光！

隨後，我和伙伴們沿着仙女指引的方向，重又踏上了漫漫征途。

我們走啊走啊，整整一天，總算沒有伙伴**掉隊**。我反覆思考着仙女們賜給我的**禮物**：真的很**奇怪**，十分**奇怪**！

就這樣我們一直走到深夜。

終於，我們的前方出現了一道金色的**柵欄門**。

我仔細地端詳着這道門，這不正是我們進來的起點嗎！

我們竟然回到了起點⋯⋯起點⋯⋯起點⋯⋯起點⋯⋯

七姐妹的禮物

謝利連摩一共收到了這些禮物：從春天的仙女那裏，他得到了石頭蝴蝶和一朵玫瑰；從夏天的仙女那裏，他獲得了一捧種子和一束橄欖枝；從秋天的仙女那裏，他收下了一個沙漏和一瓶清水；從冬天的仙女那裏，他學會了沉默。

騎士的
七個考驗

多麼疲倦的一晚！

我望着那高高的緊閉着的金色柵欄門。

賴嘰嘰使勁拽拽我的衣角，「騎士，快快快，我們都要**凍僵**啦！我們必須想辦法出去才行！」

我心想⋯⋯這還不容易！但是我錯了！

我清了清嗓子，輕聲地詢問金色柵欄門：「請問，可以放我們出去嗎？」

那道門沒有反應。

「請您幫個忙，放我們出去好嗎？尊敬的柵欄門先生！」

那道門仍沒有反應。

「求求你了，行行好吧，放我們出去！拜託託託託！」

那道門竟然還是沒有反應！

我使出十八般武藝：捶胸踩足，躺在地上打滾，

拉扯鬍子，拽着柵欄猛搖，甚至哭鬧……

可是，那道門卻仍然沒有**任何反應**！

說實話，我甚至覺得從那道門裏隱隱約約地傳出得意的笑聲：**嘿嘿嘿**！

也許，這只是我的錯覺。

突然，我的腦中靈光一閃，猛然回想起花園入口處門柱上牌子裏面的 話 ：

一個一個進來，卻排成一隊出去！

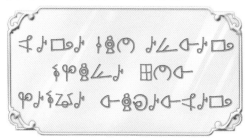

我腦袋裏冒出一個主意。

我高聲招呼伙伴們：「大家手拉手！我們攜手一起衝過去，那扇門一定會打開的！」

一，二……三！

砰砰砰**砰**砰砰**砰**砰砰！

我們一頭撞在柵欄上，頭暈眼花地倒在地上。

那道門仍然紋絲不動！這究竟是怎麼回事？

我打起精神，仔細觀察着金色柵欄門：那道門高高的，想要攀過它十分**困難**。

好運妹怯生生地說：「我倒是可以從欄杆間隙中飛走！但你們救過我的命，我不能這樣拋下你們！」

我感歎道：「謝謝你，好運妹。要是我們手裏有根**繩子**就好了，這樣你就可以幫助我們離開這兒。

因為你可以飛翔，你可以將繩索綁在最靠近金色柵欄門的大樹上，我們就可以順着繩子爬上去……不過這一切都是白日夢，因為我們根本沒有繩子……」

一直沉默的愛麗絲站了起來。

她將長長的金髮辮子散開，拔出佩劍，毅然割斷了一束頭髮。

她笑着對大家說：「現在我們不是有繩子了嗎？」

夜幕降臨，凍得哆哆嗦嗦的我和伙伴們，鑽進花園中的一個大樹洞裏。我們用顫抖的手，一下一下地將愛麗絲割下的頭髮編織成長長的繩索。不知道過了多久，暴風雪逐漸地平息了，一輪圓月從雲層後悄悄地鑽出來。

現在輪到你了！

在玫瑰色的晨曦下，我們激動地看著手中的長而結實的繩索，總算完成啦！我們鑽出樹洞，發現風已經小了很多，太陽懶洋洋地掛在天上。

花園的小徑上，鋪了厚厚的一層雪。

我將小瓢蟲捧在手上，端詳着她的臉，加油說：「現在就看你的了，勇敢的小朋友！」

190

現在輪 到你了！

好運妹伸出她的小手，抓住繩子的一頭，開始快速地**搧動**小翅膀，搧動的頻率越來越**快**。

我們大家圍在她身旁，為她加油打氣。

「快，加油！」

「再加把勁！」

「堅持住，好運妹！」

好運妹慢慢地越飛越高，就像一個小號的**直升飛機**，而且……

面還拖着一根長長的金色尾巴……

經過一段焦急而漫長的等待後,小瓢蟲嗡嗡地飛到花園外一棵粗壯的大樹上。她拎着繩子在**樹枝**上來回盤旋,纏繞出一個⋯⋯

隨後,小瓢蟲開始用力收緊繩子。

就這樣:在樹枝上,一個牢固的繩結繫成啦!

大家歡呼起來:「**萬歲!**好運妹真行啊!」

可不知什麼原因,好運妹的翅膀突然停止了搧動,筋疲力盡的她,一頭從空中栽了下來⋯⋯

筋疲力盡 筋疲力盡 筋疲力盡 筋疲力盡

就在這危險之際，賴嘰嘰一**躍**而起，連躍帶跳起在好運妹落到地面之前，一下接住了她。

賴嘰嘰攤開被砸疼的手掌，望着**昏迷不醒**的好運妹，擔憂地嚷嚷起來：

「慘了慘了，好運妹一點動靜都沒有！」

愛麗絲跑過來，細細端詳一番後確信地說：「好運妹是**累壞**了，她又**冷**又**累**，不過別擔心……她會醒過來的！」

賴嘰嘰從外套袖口處撕下一塊布，**蓋**在好運妹身上。愛麗絲用手指溫暖她的身體，輕輕地為她**按摩**。

勇敢的可憐的小瓢蟲！

過了好一會兒，小瓢蟲總算張開了眼睛。她直直地望着賴嘰嘰，眼神裏充滿**感激**。

好運妹開口了：「謝謝，親愛的朋友們，你救了我的命！我永遠不會忘記你！」

　　賴嘰嘰的臉**紅**得像個辣椒：「能救你是我的榮幸，好運妹！」

　　愛麗絲用力拉拉繩子，確定繩結繫得非常牢固後，就急忙招呼我們「快，不然就來不及了。看看天上的烏雲，更多的暴風雪馬上就要來啦！」

　　隨後她說：「我來打頭陣，你們跟著我，一個接一個爬上來。別害怕，我會幫助大家的！」

　　我嚇得瑟瑟發抖：我有**畏高症**！

　　我支支吾吾地推脫起來。

　　「賴嘰嘰，你先上！」

　　「你先上嘛，騎士！」

　　「別和我謙讓，你先來嘛，賴嘰嘰！」

　　我正和賴嘰嘰推來推去，一抬眼，正迎上了愛麗絲的眼神，那眼神裏充滿了**憂慮**。

樹上爬去。

開始拉着繩索向

深吸一口氣，

我硬着頭皮，

我的腦袋嗡嗡作響，我的**鬍鬚**陣陣發抖，連我的膝蓋都**軟**了……但我不想連累朋友們，因為下一場暴風雪就要來了！因此，雖然我害怕得要死，也只好閉起眼睛，克服內心的恐懼，哧溜哧溜地**迅速**往上爬着。

沒過一會兒（可這一會兒對我來說是多麼漫長啊！）我就爬到了樹頂，隨後，我沿着樹梢跳出了花園。

我怎麼沒想到呢？

幾分鐘以後，我們就紛紛跳出了花園。這時候，我才猛然意識到，這座古怪的花園教會我一個道理，那就是：和朋友們齊心協力，就能戰勝困難！每個伙伴身上，都有值得自己學習的地方。而每個伙伴，也以自己的方式出了力……

難怪花園門柱上的門牌裏，刻着這樣的句子：「一個一個進來，卻排成一隊出去！」

我們剛離開花園，就發現季節又變回到了金燦燦的秋天。看來，一切又回到了正常……（或者說是近乎正常）！

我興奮地哼着小曲，總算從七姐妹花園裏溜出來啦！現在我們又可以踏上征途了。我不由激動地嚷嚷着：「多虧了朋友們！謝謝大家！」

我們肩並肩，向太陽升起的地方前進。

我們邁着大步，雄糾糾氣昂昂地走在大路上，

可沒過幾分鐘，賴嘰嘰就心煩意亂地敲打着我的**盔甲**，好運妹也停在我鼻尖上嗡嗡作響，而一向冷靜的愛麗絲，卻在我耳邊**低聲嘀咕**着：

「呃……呃……呃……騎士，我們這是往哪兒走呢？」

我好似從夢中醒來，猛地停下腳步。

「呃，對呀，**我們這是往哪兒走呢？？？**哎，我也不知道！」我老實向大家交代。

我連忙坐在大樹下，向大家提議道：

　　「不管怎麼樣，我們先吃點東西吧。只有填飽肚子，我們才有精力思考！」

　　大家圍坐在樹下，大口大口地嚼着乾糧，我的大腦也在高速 運轉……運轉……運轉……運轉……運轉……運轉……運轉……運轉……運轉……運轉……運轉……

　　我回想到：仙女國皇后引我們進入七姐妹花園，一定有她的理由。也許**小仙女**們送給我們的禮物，現在可以派上用場了？

　　我將手爪伸進口袋，摸出所收到的第一個禮物……刻在石頭上的**蝴蝶**。那蝴蝶的姿態如此精細，又如此輕盈，彷彿是一個活生生的精靈！

　　記得小仙女曾經這樣對我說：「這隻蝴蝶，會啟發你從另一個**角度**來思考問題！」

可是……蝴蝶的角度是什麼呢？讓我想想……蝴蝶可以飛離地面，因此它能看得更高，更遠！

我拍拍腦門：這之前，我怎麼沒想到呢？

我一下跳起來，興奮地嚷嚷着：「朋友們，我有辦法了！看到不遠處的那座山了嗎？我們要爬上去，就可以從高處俯瞰四周，一定能找到一些關於龍蛋的線索！

你們同意嗎？」

愛麗絲隨聲叫道：「好主意，騎士！」

賴嘰嘰看上去可不那麼積極：「這樣做有必要嗎？我的手指頭都凍僵了！一想到還要爬到那麼高的山上，我腿腳就發軟！」

好運妹嘀咕：「我是可以的，但誰能載我一程呢？我好累好累啊……」

剛才還很不情願的賴嘰嘰，將好運妹放在自己的帽沿上。隨後邁開腳步，隨我們一起向山上爬去。前方的路，又泥濘，又漫長。

我們穿過充斥着陣陣松香的樹林，踏着吱吱嘎嘎

的白雪,在冰冷的雪地上 前進 。最後的一段路程異常驚險，一堆石塊像兇猛嚎叫着的野獸，從山頂上轟隆隆地滾砸下來，驚得我們直冒冷汗。

我們登上山頂時，已經是黃昏時分了。我久久凝視着眼前壯觀絢麗的景色，夕陽的餘暉照在地平線上，遠處一個建築物折射出燦爛的光芒，彷彿水晶一般晶瑩剔透……

那個建築物，不正是水晶宮嗎？

仙女國皇后的宮殿！

奇怪的味道

我們來到了仙女國邊界。原來，小仙女送給我的禮物，確實是在為我們指路！

我俯瞰山下，卻沒有發現什麼明顯的線索。下一步，我要將伙伴們**帶**到哪裏去呢？

眼看大家累得東倒西歪，我決定明天再思考這個問題。

大家匆匆吃了些**點心**，就沉沉地睡着了。只有我，還在黑暗裏睜着眼睛思索。

整個夜晚，我翻來覆去。迷迷糊糊中，我夢見巨龍拍打翅膀掀起的巨大**氣流**掠過我的頭頂，灼熱的氣息拂過我的臉頰。**好可怕啊！**

當我醒來時，天空已經泛起了魚肚白，一輪紅日正從地平線噴薄而起。

奇怪的　　　味道

　　我爬起來，深吸一口氣，正準備讓清晨**新鮮的**
空氣填滿自己的肺……可是，我差點沒被熏昏過
去！因為我聞到了一股難以忍受的味道！

　　這時，伙伴們也陸續醒過來。大家胡亂地揮手搧
着，七嘴八舌地議論着：

「這臭味是從哪兒傳出來的？」

「我快被熏死了！」

「以一千隻蝌蚪的名義，我再也忍受不了啦！」

　　這一切都好**奇怪**，非常非常奇怪……

　　仙女國一直散發出**玫瑰的香味**，而這股難聞
的氣味是從哪裏散發出來的呢？

現在……接受考驗吧！

我還沉浸在紛亂的思緒裏，賴嘰嘰突然尖叫起來：「那個奇怪的小山丘，是從哪兒冒出來的？」

愛麗絲疑惑地說：「不知道，不過那氣味很熟悉……那個**形狀**，讓我想起了什麼……」

我們三步並兩步地奔到那座小山丘旁，還沒走近，一股難聞的**臭味**就向我們襲來。

這不正是我們剛睡醒時聞到的臭味嗎？只不過，變得非常、非常、非常濃郁了。

愛麗絲**大呼**：「看來我們果然找到了線索，而且這線索很有**份量**哦！」

「關於什麼的線索啊，公主殿下？」

「當然是關於龍的線索嚕！難道我曾經教你的那些知識，你都忘得一乾二淨了？」

我仔細在地上尋找着巨龍的**腳印**，卻白費時間，什麼也沒發現。

「不好意思，公主殿下，我什麼也沒看到啊！」

愛麗絲用手指指那座棕色的小山丘：「騎士，這不就是線索嗎：這是龍的**便便**！」

我高聲抗議：「哇哦，那我們快離開這兒：**太臭啦！**」

愛麗絲搖搖頭：「騎士，你想想，這一帶居然留下了龍的便便，你不覺得很奇怪嗎？在離開這兒之前，我們必須仔細**研究**一下。我們要設法弄清楚這條龍的年紀、他要往哪裏去，以及他離開這兒多久了！」

一想到要靠近這座令鼠作嘔的便便山，我的頭都大了！

我裝作沒發生任何事的樣子，想找個藉口**溜走**：「好吧，公主殿下。你就在這裏檢查線索吧，我在那邊等你。」

愛麗絲卻一把拉住我的尾巴：「哦，騎士，這怎麼行？應該是你來檢查才對！」

　　「要……要我來？」我**捂住**鼻子，嗡嗡地說。

　　「當——然——是——你——啦！」

　　我大聲抗議：「為什麼是我？我可不知道怎麼檢查，而且這線索也**太臭**啦……等我檢查完這坨便便，我也會變得和便便一樣難聞！大家都會離我遠遠的！」

　　愛麗絲慢悠悠地說：「這個考驗只有你來做，因為你才是第十二個**騎士**，而真正的騎士都知道如何檢查線索。

不過你別擔心，這個考驗很簡單：

你只需要把胳膊伸進便便裏去。如果那坨便便越**新鮮**，你就能插得越深……來吧，騎士，現在輪到你接受考驗了：告訴我它是否新鮮！」

我痛苦地**捂住**鼻子，將胳膊伸進那坨便便，竟然一直插到底！

好臭呀！

愛麗絲鎮靜地下結論：「很好，騎士，看來這坨便便十分新鮮，說明那條龍並沒有離開多久！」

可是我眼前一黑，什麼也聽不到了……

因為，我已經被熏得昏過去啦！

拜託，我受夠龍的便便了！

待我睜開雙眼後，本能驅使我所做的第一件事，就是一個**猛子**紮到**小溪**裏，痛痛快快地洗個澡。可就連小溪裏的魚兒，都一條條紛紛躍出水面，因為連它們也忍受不了我身上的味道了！

為了 洗乾淨 身體，我又一頭栽到冰冷的瀑布下面，迎接一股股撲面而來的水花……

不知沖了多久，我身上的味道終於消失了。伙伴們這才敢靠近我。愛麗絲安慰我說：「現在，你先在草坪上休息一會兒，我和其他伙伴再去找找看有沒有其他的線索。」

我點點頭，同意了……我一頭倒在草坪上。

我正想 呼呼大睡，小溪旁一個奇怪的東西吸引了我的視線，我大聲叫起來：「你們快看：我找到一個 線索！」

你們猜猜看：那是什麼……

這就是神秘線索散發出的味道。
你猜出它是什麼了嗎？

閉上眼
睛……

揉揉這
裏……

這個味道是……？
猜猜看！

好奇怪呀！

我甚至不需要再靠近那東西，就知道它是什麼了：另一坨龍的便便！這次我可學聰明了，不需要將胳膊伸進去，我就已經通過濃烈的氣味，判斷出這坨便便十分新鮮！

我還注意到，便便旁還有一堆紅色的 （種）（子）和果殼堆……我戴上 **眼鏡**，好奇地端詳着它。為了更好地研究，我甚至將鼻子探進那堆東西裏，東嗅嗅西聞聞。

只需幾秒鐘，我就反應過來：這堆奇怪的東西，是消化不良的龍吐出來的食物！更要命的是，它們散發出強烈的辣椒味道！嗆得我 **鼻涕** 和眼淚嘩嘩流！

原來這堆紅色的種子，不是別的東西，而是 **紅辣椒** 種子！

我惱怒地嚷嚷：「我受夠了紅辣椒，我再也受不了啦！」

214

愛麗絲打趣說：「快快快，騎士，再**跳回**小溪裏吧！」

我又一個猛子紮到了溪水裏，**透心涼**的河水直浸到我的脖子：看來我一時半會兒，是沒辦法離開這河水啦！

就在這時，好運妹剛剛結束她的偵查任務，她激動地召喚我們：

「大家看哪，我在那堆玫瑰花叢旁邊，又發現了一坨**便便**！」

就在這一刻，我痛苦地吐着水泡，又一次把頭紮進水裏：

「咕嘟⋯⋯咕嘟⋯⋯咕嘟⋯咕嘟拜託，我受夠龍的便便了！」

這一切，讓我想起了什麼……

愛麗絲很快湊過來：「騎士，不必再研究**便便**了，一切已經很清楚了！」

「什麼很清楚了？」

「很明顯，幾小時以前，也就是黎明之前的一段時間，有一條龍經過了這裏！」

原來那天夜晚發生的一切，並不是夢。一想到巨龍嘴裏噴出的灼熱**氣息**曾拂過我的臉頰，我渾身不由又顫抖起來！

我試着讓自己儘快地平靜下來，聚精會神地開始分析着。

「總之，我們可以確認的是，這條巨龍**貪吃辣椒**，而且腸胃不太好（*從他留下的排洩物數量，就可以看出來哦！！！*），他並不……」

愛麗絲插嘴道：「沒錯，我們可以跟隨這些足

跡，來判斷他前進的方向。再說，我們除了這樣做，也別無選擇了，也許沒過多久，我們就能追上他！」

好運妹飛到我耳邊，嗡嗡地說：「要是你們也能飛翔就好了，騎士！我們的行進速度就會大大加快啦！」

我一拍腦袋：對呀，我怎麼沒想到呢？

「**就這樣**，好運妹！愛麗絲，請速速召喚兩條巨龍來吧！我們騎在巨龍背上，居高臨下，肯定能發現更多線索！」

愛麗絲馬上吹奏起來，**笛聲**婉轉悠揚。過了一會兒，兩條巨龍從遠處搖頭擺尾地飛過來：那不正是火花和**彩虹巨龍**嗎？

我們一個個躍上龍背，在低空飛翔起來。沒多久，我們就發現了龍的更多的痕跡。

這是我們發現的腳印。毫無疑問，這腳印屬於一條巨大的

龍的痕跡

火龍，他會是誰呢？

……草坪上的青草，被齊齊

踏平：看來這條龍曾粗暴地降落

在草坪上。

……池塘裏的水，泛起了泥

漿。說明有個巨大的**生物**，

曾從這裏經過，將水攪渾！

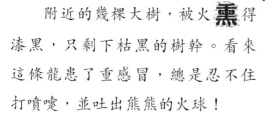

附近的幾棵大樹，被火**熏**得

漆黑，只剩下枯黑的樹幹。看來

這條龍患了重感冒，總是忍不住

打噴嚏，並吐出熊熊的火球！

……在一塊岩石上，留有深

深的**爪痕**：看來這條龍脾氣不

好，在石頭上發洩自己的**怒火**。不過奇怪的是，那爪痕上只有三個**指甲印**，正常的龍是每隻手掌上有四個指頭……

　　我似乎曾在哪兒見過相似的爪痕，是在哪兒呢？

　　那天晚上，大家圍坐在一起，烤着火。我悄悄**思考**着發生的這一切……沒過多久，倦意襲來，

我不知不覺墜入沉沉的夢鄉……

噩夢纏繞的一夜

整整一夜，我都夢見一條巨龍在身後拚命追趕我，還噴出熊熊火球，把我的尾巴都烤着了。

夢境裏閃現出焦木三世的臉龐，他對着我暴躁地大吼：

「你會
後悔的！！！」

我猛地從夢中驚醒。

我瞪大眼睛，上氣不接下氣地叫起來：「**救命啊！**」

愛麗絲蹬蹬蹬地跑到我身邊，拔劍出鞘，緊張地問我：「騎士，發生了什麼事？誰**傷害**你了？」

我鬆了口氣，沒頭沒腦地向她解釋道：「我剛剛做了個惡夢：焦木三世、爪子、**刮痕**、感冒、**洋蔥**……我的意思是說……他指甲斷了，手臂脫白，還有**紅辣椒**種子……」

愛麗絲焦急地搖晃着我：「騎士，請你鎮靜！」

我深深吸了一口氣，儘量使自己平靜下來。我告訴她：「公主殿下，我終於明白了：一路我們追蹤的是誰，也知道偷走龍蛋的是誰。是他，就是他！就是出現在我**惡夢**中的主角：焦木三世！現在所有可疑的線索，都指向了他！」

我的瞌睡蟲，這個時候早驚得沒影了。整個後半夜，我把自己從一堆**線索**裏整理出來的推論，一條條地給愛麗絲分析：為什麼焦木三世，是偷走**龍蛋**的可疑對象！

1

在一塊岩石上留的爪痕，只有三個指甲印，正常的龍每隻手掌上長有四個指頭！而我記得：焦木三世有個指甲折斷了……

2

我記得焦木三世的一條胳膊脫臼了，而且他平時喜歡穿一件紅色的斗篷：那山洞中黃金門地上的紅布片，一定是他在用力卸門上的鉸鏈時，不留神被撕破的斗篷！

3

看得出來：我們一路追蹤的龍，很喜歡吃辣椒，而且患上了重感冒。而焦木三世，恰恰都符合這些特徵！

4

還記得焦木三世為龍蛋丟失當眾流淚，其實他是在用洋蔥擦眼睛刺激流淚，假裝很傷心來騙大家！他肯定有什麼在瞞着我們！

惟一我不明白的事是……為什麼他要這樣做呢？

一輪紅日從地平線上升起來，伙伴們紛紛從夢中醒來。我們打起精神，開始繼續追蹤龍的足跡。

漸漸的，我們身邊的景色開始變化了：不知不覺中，我們已進入了**食肉魔**的領地！

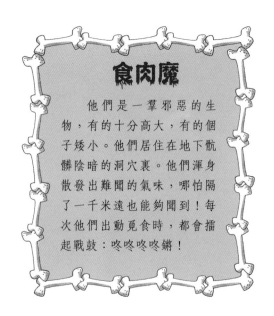

食肉魔

他們是一羣邪惡的生物，有的十分高大，有的個子矮小。他們居住在地下骯髒陰暗的洞穴裏。他們渾身散發出難聞的氣味，哪怕隔了一千米遠也能夠聞到！每次他們出動覓食時，都會擂起戰鼓：咚咚咚咚鏘！

進入
食肉魔的王國

食肉魔來了，快逃！

我們踏入食肉魔的領地，還沒走幾步，賴嘰嘰和好運妹就害怕得哆嗦起來。

其實，我的心裏也七上八下，可我裝作沒事似的大膽地安慰大家：「別擔心，我掌上可有道**烈餃之印**：如果真的遇到危險，它就會射出藍光！現在它什麼反應都沒有，說明我們十分安全……」

我自信地攤開手掌，偏偏就在這時，一道藍光從掌中心射出來。

我的叫聲頓時**提高**了八個分貝：「食肉魔來了，大家快逃啊！」

兩條巨龍拚命**搧動**着翅膀，加快速度。但是食肉魔的咚咚鼓聲卻從我們身下方傳來，越來越響了：

咚咚鏘！咚咚鏘！咚咚咚咚鏘！咚咚鏘！咚咚鏘！咚咚咚咚鏘！咚咚鏘！咚咚鏘！咚咚咚咚鏘！咚咚鏘！咚咚鏘！

　　沒過多久，山頂上出現了一羣食肉魔的
身影。他們轟隆隆地向我們投射巨石。
　　食肉魔投出的**石塊**和**長箭**
密密麻麻地向我們飛來。他們的目標
只有一個：就是要擊中我們，將我們摔成肉
餅！**哆哆哆哆！**

他們瘋狂地大吼：

「抓住他們，抓住他們！」
「摔死他們，摔死他們！」
「生吞他們，生吞他們！」

好運妹在這裏！

情況糟透了：我們必須趕快想個辦法逃生！

恰恰在這時，一塊大**石頭**砸在**彩虹巨龍**的背上，我忠誠的伙伴開始痛苦地搖晃起來。我坐不穩了，正在掙扎中，一根長矛又「嗖」地從我耳邊掠過。

突然，我的頭腦中靈光閃現：為了調查能繼續下去，我要聯合愛麗絲，給它來個「調虎離山計」！

我指揮彩虹巨龍，在槍林彈雨中穿梭，靠近愛麗絲騎着的火花，**高聲**對愛麗絲說：「快，公主殿下，你快來指揮兩條巨龍，把我們悄悄地放下，然後飛離這裏！食肉魔看到你們離開，肯定以為我們通通**逃走**了……而留下來的賴嘰嘰、好運妹和我，會偷偷潛入這個國度，繼續尋找龍蛋的蹤跡！」

神秘的山洞

　　我俯身吩咐彩虹巨龍：「正前方有座小山，你趕緊趁着食肉魔不注意，把我們幾個快速放在那座山頂上！」

　　愛麗絲捨不得**拋下**我們，我堅定地勸她：「公主殿下，我知道你想留下來，和我們在一起，你的**勇氣**我心領了，可⋯⋯如果這樣，我們所有伙伴根本逃不過食肉魔的視線。我們惟一的**希望**，就是通過迷惑他們，為我們的調查爭取時間，否則你只好被迫離開銀龍國了！請你和兩條巨龍在食肉魔領土的邊界處等我們，拜託了，快呀⋯⋯」

　　愛麗絲眼裏充滿了**悲傷**。我鼓起僅有的勇氣，低聲說道：「要是三天之內，我們還沒有回來，請你回去找幫手來找我們吧！或者說，來找我們剩下的⋯⋯」我渾身**顫抖**起來，不忍再說下去。

如此之後，我們幾個站在那座山上，目送着愛麗絲和兩條巨龍漸漸遠去。

　　我望着伙伴們遠去的背影，心中無限擔憂：現在我們隊伍只剩下三個伙伴，而且個個身手**一般**，沒有任何**武器**。我們現在惟一能指望的，就是食肉魔能夠放鬆警惕，好讓我們能留下來繼續調查。

　　我和剩下來的兩位伙伴邁着**沉重**的腳步，在食肉魔的領土上小心地前行。

食肉魔部落

1. 跳蚤臭蟲廳
2. 呼嚕廳
3. 擂鼓咚咚廳
4. 寶座廳
5. 通向女巫國的捷徑

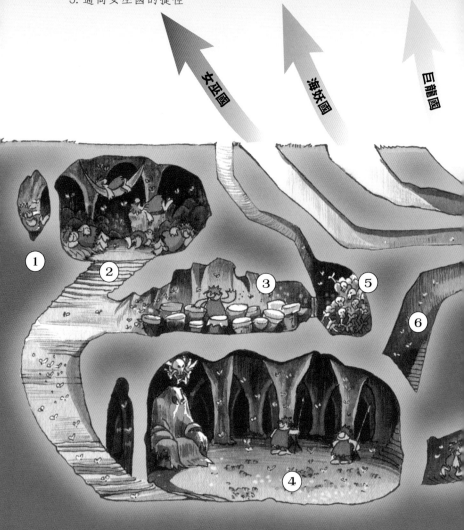

女巫國

海妖國

巨龍國

6. 前往接見潭的捷徑
7. 通向夢想國七個國家的出口
8. 胡吃海喝廳
9. 安放煮肉大鍋的廚房
10. 盛載鮮肉的櫥櫃
11. 桑拿室（廚房裏升上來的蒸汽，用來洗桑拿）
12. 泥療室（用龍的糞便加上泥巴混合而成的香料，用來泥療）
13. 健身房

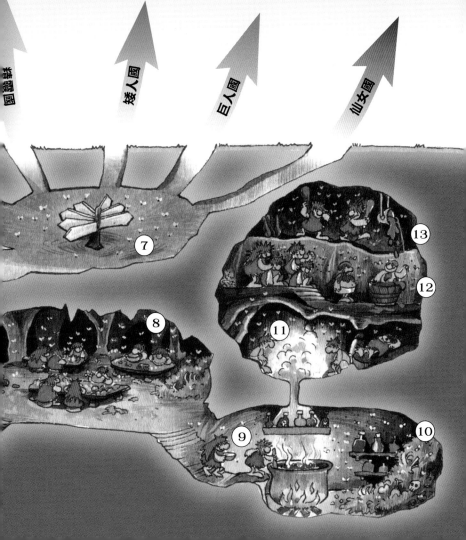

我們躡手躡腳地在這塊**荒蕪**乾燥、**臭氣熏天**的土地上走着，隨處可見高高的~~荊棘林~~和散落在地上的垃圾：撕碎的紙屑、腐爛的食物、捲心菜根，還有一堆堆骨頭……**哆哆哆哆！**

我低頭瞅了瞅掌上的印記，依然散發着**藍光**，看來，我們仍然身處險境。我心驚膽顫地打量四周，想像着食肉魔**可怖的嘴臉**，會不知何時突地一下從哪個岩石後面冒出來，或者他們咚咚鏘的鼓聲會不知從哪兒又敲響起來，或者他們那鋒利的長箭會從哪兒嗖嗖地飛過來。

可是四周一片靜寂無聲，我們的心裏卻越來越**不安**和**恐慌**起來。賴嘰嘰忍不住開始吟詩，好運妹故作鎮靜地唱着歌……

而我的牙齒，開始吱嘎吱嘎地顫抖起來……

這時，極光——那位佇立在冰雪中的仙女贈給我的禮物，突然出現在我的腦海。這不正是我們此刻所需要的嗎：沉默！

238

「噓噓噓噓！」我向伙伴們打着手勢，「大家保持沉默！如果食肉魔聽到我們的聲響，他們會追趕來**生吞**了我們！」

我們屏住氣息，借着一叢叢灌木和茂密樹林的掩護，靜悄悄地一點點向前摸索。

天色漸漸昏暗，一個黑黝黝的山洞出現在我們前方，只見洞口旁還掛着塊　招牌　。

這招牌是用夢想語寫的，你們能讀懂它嗎？

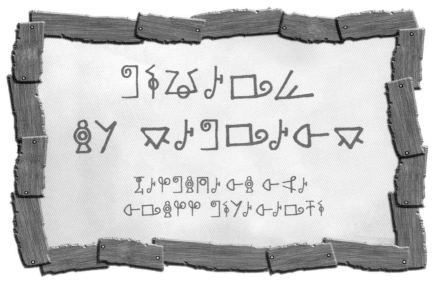

＊可以參考 324 頁的夢想語詞典哦！

那塊招牌已經破爛不堪了，但看上去並沒有誰想要替換它。我心中暗暗尋思：食肉魔們的生活可真**糟糕**！

　　我無奈地聳聳肩：我還能從這兒指望什麼呢？整潔美麗的綠草坪？窗台前盛開的鮮花？唉，食肉魔畢竟是食肉魔呀！

　　我努力辨認着破舊招牌上依稀可見的那幾行字：

　　秘密山洞……

　　那行大字下面，還刻着行小字，因為長年經受風吹雨打，字跡已經**模糊**得難以**辨 認**了。天知道那上面寫了些什麼[*]？

　　我心中十分好奇，不過已經沒時間細細琢磨上面的小字了。食肉魔隨時可能發現我們！

　　我們來不及多想，就連忙躲進了這個秘密山洞，誰知道等待我們的將是什麼……

* 「讓非本洲居民睡的客房」。

先來道蛤蟆湯，再來鍋燉鼠肉……

我們在岩洞裏越走越深，而我掌上的印記卻散發出越來越亮的藍光：這可不是好兆頭，説明食肉魔遍布在我們周圍！

我嚇得鬍鬚都要掀掉了，我的膝蓋直發軟，我仍壯着膽繼續往前走。

好運妹躲在我的頭盔上，嚇得大氣也不敢出，而賴嘰嘰不合時宜地試圖安慰我：「其實，別擔心，如果食肉魔將你吃了，我會寫一首感天動地的長詩，在你的葬禮上朗讀。你現在心裏好受些了嗎？」

「謝……謝謝你，賴嘰嘰，不過我猜沒這個必要……如果食肉魔吃掉了我，他們也不會放過你。所以，你就趕緊老實地走吧，別想太多啦！」

我猜賴嘰嘰被我的這番話嚇壞了。因為從這時起，一直聒噪的他，也反常地沉默起來。

先來道蛤蟆湯， 再來鍋燉鼠肉……

岩洞裏一片黑暗，我感覺有一雙雙的眼睛正在暗中窺視我們。我似乎聽到了漆黑一片中的低語聲。

「哈哈，他們進來了：這下他們可跑不掉嘍！」

「他們肯定沒看到招牌上的小字，算他們倒霉！」

「他們就等着瞧吧！」

「我們今晚的開胃點心有着落啦！」

「去去去，我看放在第二道菜正合適！」

「我是老大，我說了算！先來到蛤蟆湯，再來鍋燉鼠肉！」

一片恐慌中，我想起了山洞口招牌上的那行難以

辨認的小字。我當時要是能先仔細**看清**那行小字，而不是這樣冒冒失失地溜進來，那該有多好啊！

此刻我能感覺到：食肉魔就在我們附近**潛伏**，我甚至能覺到，我們經過了一間間巨大的食物儲藏室。

我們的命真苦啊，現在我們真正地落在食肉魔的手掌心裏了！

從氣味上我就能判斷出來，這裏堆滿了一堆堆

腐爛發臭的食物。

我悄悄接近一扇木門，從鎖眼裏向外窺視：外面的情景，讓我的全身直起鼠皮疙瘩！

只見，外面的房間一片混亂，山一樣高的灶具從地面一直堆到天花板，飯桌上攤滿了破爛的碟子、盤子和水壺。房間的一角擺着一個大壁爐，裏面的火燄在熊熊燃燒，火燄上橫着口大鍋，鍋裏咕嘟咕嘟地直冒泡。各種尺寸的長勺、叉子和鍋蓋橫七豎八地掛在牆上，從上面淌下棕色的肉汁⋯⋯

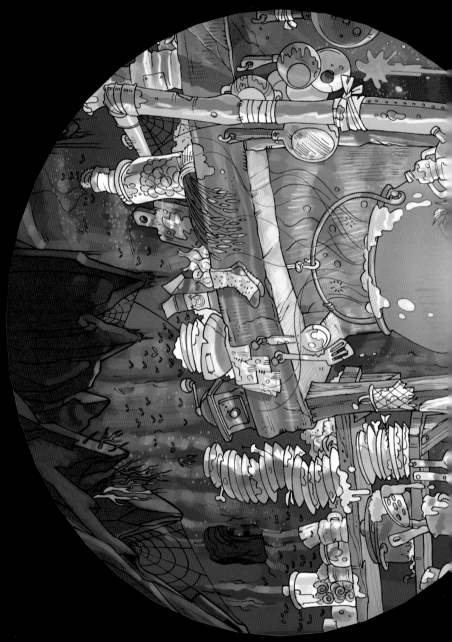

來份煎龍蛋！

我悄悄地從鎖眼向外面的大房間張望。不一會兒，只見幾個食肉魔進來了。她們中竟然還有個女人，她水桶一般粗的腰上繫了條骯髒的圍裙，手裏氣勢洶洶地揮舞着一把長勺。

一個看似首領模樣的食肉魔，滿臉不耐煩地吩咐她說：

嘟嚕吐拉

「**嘟嚕吐拉**，既然那兩個傢伙已經落在我們手心，你可要好好地給我做道菜。我想吃油炸的，把他們的骨頭**嚼得碎碎**的吞下肚，別提多爽啦！可惜那個什麼公主沒和他們一起來，不然，我就有個壓寨夫人啦！」

那個名叫嘟嚕吐拉的女食肉魔

哩嗦囉大王

鼻涕膿包

嘿嘿一笑：「嘿嘿，我看哪，唏哩嗦囉大王，你一直都這麼風風火火！」

我聽了心中不禁有絲絲的**寬慰**：「幸好愛麗絲不在這兒！」

外面仍不斷傳來食肉魔的聲音。他們正興高采烈地討論着晚餐（*也就是我們*）呢！

「不好意思，老大，那兩個傢伙看上去不怎麼耐吃。那隻鼠仔倒是長得**肥嘟嘟**的，應該肉很鮮嫩，但癩蛤蟆的肉看上去**乾巴巴**的……就他們倆，哪夠大家一起吃呢？」

「哼，只要夠我吃就行，我是這兒的老大！」

「可是老大，山洞外的招牌是我掛的，也是我在上面加了一行小字，邀請大家到**食堂**來作客。如果今天有客人到來，我總得給他們準備點小菜吧！至少，一條**老鼠腿兒**必須得歸我！」

249

「你閉嘴，這兒是我說了算！」

「要我說，我們來份……煎龍蛋怎麼樣？」另一個名叫鼻涕膿包的食肉魔建議道。

「那可不行，我們誰也不能碰那龍蛋！我們不是發過誓了嗎！」

「雖然這麼說……」

「可是……食肉魔畢竟是食肉魔嘛！」

「哈哈，那個火炭王朝的大傻蛋絕對想不到！他還指望着我們呢！」

「就是說呀，老大！就算他發現龍蛋被我們吃了又怎樣？有膽量就來找我們**抗議**好啦！哇哈哈哈！」

哇哈哈哈哈……

哇哈哈哈哈

哇哈哈哈哈哈……

來份  煎龍蛋！

食肉魔們開始轉着圈子，興高采烈地打着拍子，唱起了自編的小曲：

我們又胖又邋遢，
　我們從來不刷牙，
　　因為我們是食肉魔！

我們的身材肥又圓，
　我們的牙齒利又尖，
　　因為我們是食肉魔！

你要是落到我們手裏，
　我們定把你嚼得碎碎的，
　　因為我們是食肉魔！

我們擅長甜言蜜語，
　傻蛋才真的會相信，
　　誰叫我們是食肉魔！
　　地地道道的食肉魔！

誦 誦 誦 誦 ……
誦 誦 誦 誦 ……
誦 誦 誦 誦 ……

目睹了這一切的我，真是又驚又惱。

原來我所懷疑的，的的確確是真的！就是他，火炭王朝的焦木三世！他這個**謊話精**和**大叛徒**！

他究竟為什麼要這樣做呢？

但我已經來不及細想了，眼前正有兩個緊迫的難題需要解決呢：

① 如何不讓自己成為食肉魔的*盤中餐*！

② 如何找到**龍蛋**！

說到這兒，那枚丟失的龍蛋，到底在哪裏呢？

對了……食肉魔剛才說過要煎龍蛋……這麼說，也許……丟失的龍蛋，正和我們一樣，也被關放在這個儲藏室裏的某個角落呢！

我開始在儲藏室裏上下左右地翻找起來。在黑暗裏，我跌跌撞撞地摸索着，但我只找到了這些令我反胃的食品：

-**7**大桶泛着黃漿的

-**4**盒蜈蚣乳酪（上帝呀，當我揭開盒蓋時，幾條蜈蚣溜了出來，追着我亂爬！）

-**2**壇

-**12**管  調味品

-**81**罐發霉的捲心菜和洋蔥醃製的
點心

-**15**盒蟑螂榨成的汁

-**5**桶不知道什麼動物剁碎的腳指頭哇哦！

诵诵诵诵……诵诵　　　诵诵……诵诵诵诵……

　　這些食物實在太噁心了，以至於有一會兒，應該説是好一會兒，我都暗暗慶幸：「幸虧食肉魔沒邀請我和他們共進晚餐！」

　　我逐漸才呆呆地反應過來：也許等一會兒，他們就會邀請我上餐桌了，不過是作為晚餐被端上去！

　　我強忍着一陣陣**噁心**，繼續在房間裏到處翻找，突然，我眼角瞥到了某個奇怪的東西……

　　在牆角**石壁**凹陷下去的陰影裏，堆着一大堆麥稈，上面還蓋着塊**大油布**。

麥稈下面是什麼呢？

　　我輕輕地靠近，緩緩地撥開一根根麥稈……

　　那東西，讓我心跳加快，驚得瞪圓了眼睛！

　　一枚圓乎乎的**龍蛋**，赫然躺在角落裏！

254

那隻蛋的表面凹凸不平，上面布滿了粉色和藍色的小點點，散發出微弱的光芒，將房間的一角照得閃閃發亮。

　　我激動得全身顫抖，雙手顫巍巍地去撫摸龍蛋色彩斑斕的表面……

　　我的手剛剛觸摸到蛋的表面，那枚蛋突然輕輕顫動了一下，似乎在回應我的撫摸。

　　看來在龍蛋的表殼下，一個小生靈正在悄悄地成長！

　　這麼說，一條小龍正在蛋殼中長大……而且此刻他還活着！

　　我激動地將耳朵貼在蛋殼上，聽到裏面傳來清晰的心跳聲：

就在這一刻，我決定要誓死**守護**這枚龍蛋，哪怕付出生命的代價！因為躺在我面前的，已經不僅僅是枚巨大、冰冷的蛋……

而是一個幼小的、個頭**巨大**卻需要照顧的小生靈！

以我老鼠的名義發誓，我一定要好好照顧他！

我將臉頰貼到蛋殼上，柔聲細氣地說：「你好，小不點兒，別害怕，我一定要解救你，平安地離開這兒！

接招！

一直靜悄悄的好運妹現在**開口**了。她細小的聲音傳到我耳朵裏：「騎士，我有個小建議，不知你覺得是否合適……」

「請講，我正需要你的建議！」

「我可以飛離這裏，去找救兵。我個頭小，沒有誰會留意我。我可以去找愛麗絲和巨龍朋友！」

我謝謝好運妹的**勇氣**：「你要小心，親愛的朋友，要是兇猛的食肉魔發現了你，他們一定會將你**碾碎**……」

就這樣，好運妹悄悄地從鎖眼裏**飛**了出去，而食肉魔絲毫沒有注意到這個小不點的存在。

我和賴嘰嘰擔心地躲在儲藏室黑暗的角落裏。我的心裏憂慮不安：如今隊伍裏剩下的伙伴，只有我們兩個了……

天知道我哪一天能再看到伙伴們？我試着把這些悲傷的念頭擠出腦海。既然我現在已經找到了**龍蛋**，我是絕不甘心就這樣放棄的！

　　我急得直拍腦門，眼看伙伴和我就要變成蛤蟆湯、燉鼠肉和煎龍蛋了，我必須要趕快想出個辦法，大家一起逃出去才行呀！

　　我的大腦卻一片空白

　　我**害怕**！

　　我**好害怕**！

　　我**害怕得渾身發軟**！

　　我不知所措地將手伸進衣袋裏一通亂翻，希望能找到什麼用來**防衛**的武器。

　　不想，我的手觸到了仙女贈給我的那支玫瑰花。我心裏真懊悔：仙女為什麼沒有贈給我些更有用的東西呢？比如能夠開**門**的萬用鑰匙，那樣我們就可以順利逃脫啦！正在這時，門吱嘎一聲被推開了，進來的不是別人，正是食肉魔的廚娘——嘟嚕吐拉！

260

我本能地張開雙臂，一手護住龍蛋，另一隻手 **握緊**玫瑰花，彷彿握了把利劍一樣，徑直指向嘟嚕吐拉！我結結巴巴地喝道：「接……接招！」

　　當我意識到手中握的不是尖利的長劍，而是朵毫無攻擊力的花朵時，我緊張得閉上眼睛，四肢僵硬地站在那兒，等待食肉魔廚娘的 **擀麵杖**砸到我頭上……

　　出乎我意料的是，我仍然完好無損地站着。

接 🌹 招！

我簡直不敢相信。難道這次我還能夠逃脫魔爪嗎？

過了好一會兒(時間似乎停滯了)，我才鼓起勇氣，慢慢睜開雙眼。

食肉魔的廚娘呆呆地站在我面前，握着擀麵杖的手無力地垂下去，竟然哼哼唧唧地🎵🎵起來。

💧 💧 💧 💧 💧 💧 💧 💧 💧 💧 💧 💧 💧 💧 💧

「從來沒有誰，送給過我玫瑰花……」

現在我晚飯該做什麼呢？

　　我彷彿石頭般**僵硬**地站着，不知道該做些什麼。好一會兒，我才反應過來，趕忙一鞠躬，握住嘟嚕吐拉沾滿**油污**的手，單膝跪地，將玫瑰花獻給她：「這朵花是獻給你的，尊敬的⋯⋯呃⋯⋯女士！」

　　嘟嚕吐拉布滿厚厚油垢和煤灰的臉上，綻放出一絲**紅霞**和一個微笑。她隨手將擀麵杖扔到地上，嚎啕大哭起來。

獻給你！

謝謝！

「嗚哇哇哇哇哇……」

「我不明白……女士……你哭什麼呀？」

「因為騎士你對我太好了，你是第一個送給我玫瑰花的，第一個稱呼我為女士……」

「嗚哇哇哇哇哇……」

「可憐的女士，你是不是不太習慣我們這樣**客氣**呢？」

「才不是，你想到哪兒去了！我哭，是因為我心裏愁哇。外面一羣**飢餓**的食肉魔，正等我把你們扔下油鍋！你們卻這麼真誠地對我，我怎麼下得了手呢？可這樣一來，我晚飯該做什麼呢？」

賴嘰嘰拍拍胸脯：「我有個辦法：今天晚飯由我們來做吧！」

秘密調料

廚娘引我們進入廚房，嘮嘮叨叨地說：「這個是湯鍋，這些是**調料**。如果食肉魔發現湯鍋裏沒有你們，那可就糟了！」

嘟嚕吐拉興奮地扯下**圍裙**，將玫瑰花別在頭髮上，哼起了小曲兒，賴嘰嘰和我在廚房裏東轉西轉地忙碌起來……

看看我們在湯裏放了些什麼吧：腐爛的魚肉、發芽的馬鈴薯、幼蟲的卵、爛掉的捲心菜、發餿的奶、刷盤子水，怪物的腳趾甲和食肉魔的頭皮屑，對了，還有滿滿一湯勺蟑螂！當然，我們最後加了一點兒**秘密調料**，為了讓這道湯更對食肉魔的胃口！

你猜猜我們在湯裏放了什麼？

聞聞這奇特的味道！
你能猜出這個
秘密調料是什麼嗎……

閉上
眼睛……

聞聞
這裏……

現在你該
猜出來了吧！

秘密調料就是香草和巧克力。

　　我們將**可怕**的大湯鍋架在火上，直煮到鍋內嘟嘟冒泡，臭味四溢……

　　吃晚餐的時間到啦！食肉魔們**餓**得兩眼發光，一個個橫七豎八地坐在餐桌旁，**吵吵鬧鬧**。

　　他們的頭領一**拳**砸在餐桌上。

　　「嘟嚕吐拉，你幹嘛呢？我都快餓死啦！我的**蛤蟆湯**呢？我的**燉鼠肉**呢？」

嘟嚕吐拉哼着小曲兒走進來，她的頭髮梳得整整齊齊，上面還別着玫瑰花。

食肉魔頭領火冒三丈：「誰批准你頭上戴花，看上去就像我最討厭的仙女一樣？快給我滾開！別在這兒給我們出醜啦！把你手裏的湯留下，它看上去還不錯！」

「好吧，我這就走……」嘟嚕吐拉傷心地回答。

播下去的種子，
就會有收穫……

嘟嚕吐拉悶悶不樂地回到廚房，眼裏淚光閃閃。

「看看他們是怎樣對待我的？我再也不想為他們工作了！我**再也**不想為他們燒飯了！」

我安慰她說：「要是我們能成功逃出這裏，我們就帶你一起走！不過，我們現在必須扛着龍蛋，**快快**離開這兒，一定要趕在食肉魔發現我們之前！」

賴嘰嘰捂住腦袋，在廚房裏**上躥下跳**。

「我們的命好苦啊！他們會抓了我們，他們會撕了我們，他們會活活吞了我們！」

賴嘰嘰一不小心**踢翻**了我的背包，仙女們送的禮物紛紛滾出來。我趕緊彎下腰撿起來，但眼前的

播下去的種子， 就會有收穫……

一幕讓我徹底驚呆住了：

只見仙女珍琪贈給我的金種子，剛剛散落在地上居然生根發芽了。

太不可思議了！

一直碰到天花板。

越長越大，越長越高，

發出來的嫩芽

在幾秒鐘內，

一根根枝條越來越粗，越來越密，向着頭頂上的光明躥去……

播下去的種子， 就會有收穫……

伴着吱吱嘎嘎的響聲，粗壯的枝條將天花板頂出個大洞，那洞外，正是我們盼望的**自由世界**！

不過為了獲得自由，我們必須扛着**龍蛋**，一起**攀上**錯綜纏繞的樹枝。

眼下情況十分緊急：食肉魔隨時可能發現我們，並追捕我們！

這時，我想起了另一個仙女金鈴的禮物。我從口袋裏摸出了她贈給我們的金色沙漏，按下了上面的**按鈕**，從這一刻起，時光將會停滯一小時。也就是説，我們獲得了整整一小時的逃亡時間！

巨龍的搏鬥

我們終於自由了！

　　短短幾秒鐘內，眼前這棵植物的枝條不斷**向上**伸展，竟然變成了枝繁葉茂的大樹，足足有十層樓那麼高！我們小心翼翼地沿着這棵奇怪植物的樹幹向上攀爬。

　　要知道，沿着彎曲細長的藤蔓向上爬可真不容易呀，我每走一步，那細嫩的枝條都要**亂顫**幾下，嚇得我畏高症的老毛病又要發作了。但更要命的，是我肩上還扛着個巨大的龍蛋：我的手腳都不知道怎麼擺放了！

　　幸虧賴嘰嘰幫我一起**運送**龍蛋：他在上，我在下。

　　嘟嚕吐拉揮舞着擀麵杖，走在隊伍的最後。

　　此刻，我的心裏咚咚地**亂跳**。

我擔心一腳**踏空**，擔心摔成鼠肉泥，擔心龍蛋從我手上**滑**下去，擔心**辜負**了朋友們的期望，擔心沒辦法完成**使命**……

而我最擔心的，是食肉魔追上我們，把我們當點心生吞進肚子！

賴嘰嘰從上面接應我，嘴巴也一刻不停地發號施令：「騎士，我來幫你，你什麼也不用擔心！你把**右**腳向**左**移一點兒，再將左腳向右移一點兒，然後右手向左邊靠，左手向右邊靠……不對，還要再往右靠，不要往左靠…不對，我說的是左，是我這個角度的左，也就是你那個角度的右、也就是我的左邊的右邊……哎

喲，騎士，我剛才說的是哪隻手呀？」

我的注意力被賴嘰嘰囉嗦的**指令**所吸引，集中精力地聽着他的指揮移動腳步⋯⋯一時間，我竟然把擔心和**恐懼**都拋在腦後！

不知不覺，我們已經從幽暗的地洞裏爬上來，一直爬到了堆滿岩石的山頂：我們**自由**了！

我兩腳發軟，顫抖地緊緊抱住龍蛋，將臉蛋貼到蛋上，欣慰地說：「我們總算安全了，小不點兒！」

我稱讚賴嘰嘰：「幸好當時你一不小心，踢翻了我的背包，要不然我們現在還是食肉魔的**階下囚**呢！」

戰勝恐懼

戰勝恐懼的秘訣，就是鎮靜地面對它！

你越是勇於直接面對，越能從身上找到勇氣和信心。

「哦，這可不難，騎士，我現在就可以為你再演示一下當時的過程：我在這兒，背包在那兒，我就這樣往前一跨，然後⋯⋯**砰砰砰**！」

278

我的天，賴嘰嘰居然絆到我身上了！

我驚呼起來：「小心龍蛋蛋蛋蛋蛋蛋！」

眼看龍蛋就要支撐不住，從山頂上滾下去。我瞬間死死抱住了龍蛋，轟隆隆地一起向下滾去，從山頂一直滾到了山底！

恰恰在這時，讓我膽顫心驚的**擂鼓聲**從食肉魔的地洞裏傳出來。

糟了，停滯的一小時已經到了，我們的大逃亡被發現啦！

279

伙伴團終於會合啦！

我心急地拖着龍蛋，四處找尋可以躲藏的地方。正在這時，巨龍火花從天上翩然飛來，上面坐着的，不是別人，正是愛麗絲和小不點兒好運妹！

大家終於重逢了，我們激動地**擁抱**在一起。好運妹開心地說：「看來我也出了力，對吧？我離開你後，飛呀飛呀，終於找到了愛麗絲，彩虹巨龍去叫銀龍國的弟兄們了，他們馬上就到！」

我正要感謝好運妹，她又急迫而自豪地告訴我們：

「你先別急着說謝謝，我還沒說完呢！我在森林裏時，碰到了一隻螞蟻兄弟，他給我提供了好多情報，還引我進入了**地精國**的**森林**。你猜我在那裏碰到了誰？我碰到了地精國的智者——公鹿羅博，他一聽說你們遇到了危

險，立刻決定趕過來**幫忙！**」

　　我激動得不知道説什麼好，深深地向好運妹鞠了一躬，感謝她的機智和勇氣。而氣喘吁吁的好運妹拿着一片三葉草葉當扇子，到一旁休息去了。

　　這時，一把深沉的聲音從我身後傳來：「我來了，你們在召喚我嗎？」

　　伙伴們又驚又喜：

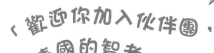

「歡迎你加入伙伴團，地精國的智者——羅博！」

　　我心裏頓時感到十分踏實和寬慰：羅博的**智慧**、**勇氣**和**力量**，正是我們所急需的。

　　愛麗絲快步奔上前，熱烈擁抱這位老朋友：「現在我們的伙伴團成員

羅博

　　地精國的智慧長者，很少在陌生人前出現，他喜好安靜，隱居在森林深處。從外表看，他是隻白色的公鹿。全身皮毛似雪，而鹿角和蹄子卻是金色的。誰也不知道這是不是他的真面目，也不明白為什麼他沒有精靈的外貌，卻擁有公鹿的體型。

　　他性格十分謹慎，隨時準備抵禦危險，也樂於為朋友提出智慧的建議。

到齊了！我銀龍國的兄弟們也將要趕到⋯⋯」

羅博平靜地告訴大家：「朋友們，地精國的兄弟們很快就會來到這裏。我們要一起並肩作戰，讓斯蒂亞的黑暗軍團見識見識我們的**力量**。」

嘟嚕吐拉揮舞着超大的擀麵杖，插嘴進來：「呃，我不想打斷你們的話，但你們把我給忘啦！舞着**擀麵杖**的嘟嚕吐拉，能不能成為你們隊伍的一員呀？」

沒錯，要是沒有**嘟嚕吐拉**的幫忙，我們肯定是逃不出食肉魔的巢穴⋯⋯

於是，我們愉快地歡迎她：

「**歡迎加入我們的伙伴團，舞着擀麵杖的嘟嚕吐拉！**」

危險逼近

　　天色漸漸暗下來，只見兩團烏雲，從天邊黑壓壓地向我們襲來……

　　我睜大眼睛注視着遠方，原來那不是烏雲，而是密密麻麻的軍隊，正向我們席捲而來！

　　從東面方向來的，是我們的援軍——銀龍國的龍兒們和地精國的精靈。而從西面方向來的，則是斯蒂亞的黑暗軍隊！我心驚肉跳地發現：我們的敵人更加殘暴、更加冷酷，而且，在數量上遠遠超過了我們的盟軍！

　　他們中，是沒有心靈的無頭騎士——斯蒂亞所控制的沒有靈魂的盔甲軀殼；還有兇殘貪吃的食肉魔，五大三粗的怪物，甚至還有我所熟悉的、巨龍國的火龍們。那衝在前面的，不正是焦木三世嗎？

　　我和伙伴們本能地圍在龍蛋四周來保護它。愛麗絲搭弓上弦，羅博彎起身子準備進攻，嘟嚕吐拉揮舞着擀麵杖……我什麼武器也沒有，只能伸開手爪，彷彿塊鼠肉盾牌一樣，橫在龍蛋前面！很快地斯蒂亞就駕着黑色巨龍飛到我們面前，她熟悉又可怕的大笑聲在我們耳邊炸開來：

哈哈哈！　　　哈哈哈！

哈哈哈！

「騎士，還不快
快投降！我們兩個的
恩怨還沒了結！現
在，我就讓你嘗嘗黑
色巨龍的火球！」

黑色巨龍？

好奇怪！我記得上次
和斯蒂亞搏鬥時，那

頭巨龍被我用*光之戒*擊中，已經灰溜溜地逃走了……

我困惑地嘟囔着：「他……他不是……**溜走**了嗎？」

「沒錯，你這狡猾的老鼠！拜你所賜，我的老坐騎逃走了……但我又找到了他的孿生兄弟，現在該是你付出代價的時候了！我要先**毀**了你朋友愛麗絲的王國，然後整個夢想國，都將拜倒在我的裙下！」

看來我別無選擇，只能**奮起**一搏了！我躍上彩虹巨龍的背，彎腰為他鼓勁：「加油，夥計，讓他們嘗嘗我們的屬害！」

為了我，為了愛麗絲，也為了芙勒迪娜！

衝呀！

雙方陣營爆發出轟隆隆的吼聲，連大地都在我腳下**震動**。成百上千隻巨龍在空中旋起巨大的氣流。

戰鬥開始了！

剎那間，斯蒂亞的黑色坐騎朝我噴出熊熊的**火球！**

彩虹巨龍急忙閃身躲避，那團火球擦着我的臉頰飛過，我的鬍鬚卻被燒得乾乾淨淨，空氣中瀰漫着一股**烤**鼠肉的味道！

彩虹巨龍在我身下不住地顫抖着，我這才發現，她的尾巴被火球**擊中**了！

我大驚失色，看來我們兩個要從高空跌下來啦！

彩虹巨龍卻憑着頑強的毅力，掙扎維持着平衡，繼續在空中飛行。

他哆嗦着載着我沖上雲霄，不斷上升，上升，稀薄的空氣讓我感覺到**缺氧**……

我的臉上，掛滿了細小的**冰柱**……

　　我終於明白了：寒冷會減輕彩虹巨龍傷口的**疼痛**！

　　但我的伙伴實在太虛弱了。它沒法長時間保持平衡，身體開始不斷地下降！森林中高聳茂密的**枝條**減緩了我們跌落的速度，當我們落到地面時，彩虹巨龍已經筋疲力盡了。

　　斯蒂亞滿臉獰笑，伸出小指**對準**我，剎那間一道閃電向我劈來！我還來不及反應，公鹿羅博已經擋在我前面⋯⋯

　　他救了我的命！

290

　　我吃力地將羅博的頭枕在自己的膝蓋上，輕輕地**試圖喚醒他**……可是此刻的羅博，眼皮耷拉下來，呼吸也變得十分微弱。

　　我絕望地抽泣起來：「不要走，我的朋友！」

　　我難過極了，突然，我想起了仙女水晶送給我的那瓶生命之水。

　　她曾經對我說：「一滴可以治癒傷口，兩滴可以重回青春……」

　　我哆嗦着將手爪伸進口袋，摸出那個小瓶，湊到羅博的唇邊，小心地滴下去，注意不要滴**太多**……

斯蒂亞抓住機會繞到我身後。我緊張地手一抖，將好多**滴**生命之水灌進了羅博的喉嚨……

忽然，**一團光暈**籠罩在羅博身上……

眼前，長着金色鹿角、全身毛白似雪的羅博在光暈中消失了，一位**年青英俊的精靈**出現在我面前！

他向我彎腰致意，微笑着説：「謝謝你，生命之水打破了斯蒂亞在我身上施加的**魔法**，我終於恢復了自己本來的面目！」

我異常高興，應該是我謝謝他才對，因為他救了我的命！猛然，我想起了斯蒂亞的存在。

我轉過身，只見慌張的女巫皇后已經乘着坐騎**溜走**了。只剩下她的尖叫聲在空中迴盪：

「狡猾的老鼠，這次算你走運，下次再和你算賬！」

喪失了統帥的黑暗軍團，也紛紛轉身撤退。

嗒，嗒，嗒……

現在，戰場上只剩下焦木三世率領的巨龍國的火龍們。他們氣勢洶洶地看着我。這時候，我身後的龍蛋突然傳來奇怪的響聲：

嗒，嗒，嗒……

龍蛋發出破碎的吱吱嘎嘎的聲音…緊接着蛋殼一抖，又一抖……

吱吱嘎嘎……吱吱嘎嘎……

我瞪大眼睛望着眼前的奇跡，大氣也不敢出一口。

只見眼前的龍蛋裂開一條縫，從裏面慢悠悠地鑽出來一條小公龍和一

條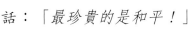。

他們光滑的身體上布滿細細的鱗片，彷彿鑽石般閃閃發亮。他們眨着大眼睛，好奇地盯着我看，接着搖搖晃晃地向我這邊撲來，小臉蛋抵在我的膝蓋上蹭來蹭去。

我激動地*摟住*他們。

這兩個可憐的小生命，他們出生的時機可真不湊巧：偏偏趕在兩軍對峙的時候！

我在口袋裏胡亂地摸索着，希望找出什麼武器，可以保護他們。突然我摸到了仙女們的*禮物*：*橄欖枝*！

我的耳邊響起了仙女們的話：「*最珍貴的是和平！*」

重建和平

沒有戰爭的世界，只是我們美好的夢想。但我們每個人都可以為這個夢想出把力。只要懂得尊重和理解他人，獲得和平並不困難！

突然我明白自己要做什麼了：我要**阻止**這場無聊的戰爭！

已經是黎明時分了，天空仍然陰沉沉的。我周圍一片寂靜，正如**暴風雨**到來前的寂靜一樣……

戰爭一觸即發……

我鼓起勇氣打破平靜，使出全部力氣大聲喊道：

「大家都住手，既然現在龍蛋已經**破**了，

根本沒有必要

再繼續

鬥下去啦！」

說完這話，我緊緊摟住兩條小龍，害怕得閉上了眼睛，等待雨點般的襲擊落到我頭上，不管怎樣……

我願以生命的代價，

保護兩個小生命！！！！

出乎我的意料之外，成百上千個聲音此起彼伏地響起來：「對呀，有道理：我們到底是為了什麼鬥呢？」

「現在蛋殼已經破了！」

「那接下來怎麼辦？」

焦木三世厲聲呵斥道：「住嘴，還不快把銀龍族徹底打垮？誰敢臨陣脫逃，我就把它撕成**碎片**，剁成肉丸，給食肉魔當點心！」

大家誰也沒動彈。

焦木三世勃然大怒：「還不快快給我上！銀龍國是我的，全部都是**我的！** 斯蒂亞曾經許諾給我！」

愛麗絲跨上前，**勇敢**地走到兩軍之中，平靜而威嚴地講起話來。大家都摒住呼吸靜靜地聽。

「火龍族的兄弟們，我們本來是一**家**呀！！為什麼要彼此鬥爭呢？現在新誕生的兩隻小龍，已經找到了他們的**馴養者！** 他就是第十二位騎士！我們現在需要的不是戰爭，而是**和平**！」

愛麗絲的話音剛落，初生的太陽從雲間鑽出來，小龍背上的鱗片沐浴在陽光下，彷彿水晶一般，折射出七色彩虹。

龍兒們齊聲呼嘯起來：

「騎士萬歲！」

我興奮地回應道：

「和平萬歲！」

寬容的力量是無窮的！

嘟嚕吐啦揮舞着擀麵杖，大喝一聲：「你這個**狡猾**的傢伙，還想往哪兒跑？」

原來，焦木三世正打算趁亂溜走呢。

愛麗絲一聲令下：「叮叮，**咚咚**，給我上！」

叮叮和咚咚衝上去，**揪住**焦木三世的尾巴。愛麗絲吹響了銀笛，大家一擁而上，將焦木三世團團圍住。

愛麗絲屬聲責罵他：「焦木三世，你背叛了龍族的盟約，你私下和邪惡的女巫**結盟**，你偷偷將龍蛋交給了**食肉魔**，幾乎毀掉了兩條**小龍**的性命，你還試圖敗壞我的名譽，要將我趕出王國……你究竟是

什麼居心？」

焦木三世垂下目光，小聲辯解道：「公主，那是因為我嫉妒你，**嫉妒**你的王國。憑什麼你們的土地那麼富饒？憑什麼仙女國皇后那麼信任你？斯蒂亞答應我：只要我將龍蛋運走，再嫁禍到你身上，我就可以獲得銀龍國的領土。因此，我將龍蛋委託給食肉魔保管。但是我**錯了**，我不該相信食肉魔和女巫的話……他們背棄了諾言，都已溜得沒影兒了，將爛攤子通通丟給我！」

賴嘰嘰歎口氣：「你真傻，竟然會去**相信**女巫的諾言！」

嫉妒

嫉妒是因別人勝過自己而產生的忌恨心理。有沒有治癒這種心理的辦法呢？有，想盡辦法充實自己，加強學習，讓嫉妒心成為你向上的動力！

恰恰在這時，遠遠的兩個身影，騎在獨角獸身上向我們翩然而來。這不是仙女國皇后和美夢國的國王——芙勒迪娜和喜樂多嗎？他們向我們揮手致意，大家紛紛拜倒在他們腳下。

喜樂多率先開口：「我們很高興，**善良**、**和平**和**公正**又回到了這片土地上。」

芙勒迪娜轉向我說：「騎士，你又一次將*和平*帶給了夢想國，我們該如何報答你呢?」

我將手爪按在胸前，發誓道：「我不需要什麼報答，我只是不想辜負大家對我的期望！」

仙女國皇后向我*微笑*，喜樂多使勁地拍着我肩膀：「幹得不錯，我的朋友！」

他們的目光一下子落在叛徒的頭上，頓時變得嚴屬起來：「焦木三世，看來權利和嫉妒已經佔領了你的*心*，你居然會相信女巫的讒言……根據龍族的

法律，你必須立刻**離開**王國領土，永世不得踏上一步！」

焦木三世低頭看着地面，臉漲得**通紅**，他難過地搓着雙手，一言不發。我的內心湧起了幾絲同情。

我忙跨步上前插嘴說：「呃，尊敬的國王和皇后，我本不想要什麼報答⋯⋯我有件事想

拜託你們，如果可以的話……」

　　大家吃驚地望着我。

　　我繼續說道：「我希望你們能夠 **原諒** 焦木三世，他其實並不壞。沒錯，他確實犯了錯，但他已經認識到了自己的錯誤。請再給他一次機會吧，我相信他能夠做得更好！」

　　國王和皇后相視而望思索片刻：「騎士，你有一顆 **寬容** 的心，而寬容的力量是無窮的……現在，請你將你的手對準焦木三世的心！」

　　我顫抖地將手爪對準焦木三世長滿厚厚鱗片的胸前……只見我手掌中的烈燄之印射出一道 **藍光**，徑直穿向焦木三世的胸口。他好似遭到 **電擊** 一般，睜大了 **雙眼**。我吃驚地發現，那雙眼睛不再像以往那般暴躁，而是充滿了脈脈溫情！

　　他仍然還是他，卻不再像從前的他了！

芙勒迪娜說得對，**寬容**有着無窮的力量，甚至可以**融化**一顆充滿憤怒和嫉妒的心靈！

焦木三世輕輕地歎口氣：「哦，現在我的心裏，舒服多了，也平靜多了……」

他彎下腰，眼裏流出一顆大大的淚珠：「一直以來，我都是那麼驕橫，那麼自大，現在我想要彌補自己曾經犯下的錯！」

再會了，朋友們！

一直躲在我身後的兩隻小龍，從我身後鑽出來，跌跌撞撞地邁開小胖腿，向焦木三世懷裏衝去。他們好奇地蹭着他的臉，興奮地在他的膝下玩耍：「咕嚕……咕嚕……」

焦木三世疼愛地揉着他們的臉：「真是可愛的小東西……」

芙勒迪娜發話了：「你們看到了嗎？他的心變得善良了，就連小龍們也注意到了！說到這兒，我倒是有個建議，如果騎士你允許的話……也許焦木三世可以成為這兩隻小龍的馴養者！由他來負責照顧和教育他們，來彌補他曾經犯下的錯。他將繼續留在銀龍國的土地上，直到小龍們長大。

到那時，就該輪到騎士你來教他們格鬥的技巧

了。」

　　我摸摸兩個小傢伙的頭，直視他們的眼睛：「小不點兒，你們願意和焦木三世在一起嗎？」

　　他們📦📦地將臉貼在焦木三世的臉頰上，蹭來蹭去，嘴裏發出呼嚕呼嚕的聲音。我明白，他們已經同意了。

焦木三世感動地嘟囔着：「謝謝！我一定會盡力照顧好他們，就像親生子女一樣教育他們。從此以後，我們就是**一家**了！」

芙勒迪娜、喜樂多和愛麗絲彼此交換了一下眼神，莊嚴地點點頭：

「那麼，就從今天開始吧！」

這時，我的手掌突然隱隱**發癢**。

　　我低頭望去，驚訝地發現烈燄之印不知何時已從掌中央消失了。忽然之間，一陣強烈的思鄉之情，湧上了我心頭……

　　愛麗絲告訴我：「烈燄之印消失了，是因為你已經完成了使命：你救回了龍蛋，也保護了我的王國。而最最重要的，是你讓焦木三世悔過自新。謝謝你！」

　　所有的龍兒們仰天長嘯：

「烏啦啦啦啦，
烏啦啦啦啦，
烏啦啦啦啦，
騎士萬歲！」

　　當大家重歸平靜時，我動情地說：「現在，該是我回家的時候了……再會了，朋友們！」

　　我跨上彩虹巨龍的背，騰地飛上藍天。

　　兩隻小龍在拚命朝我揮手，眼看着他們的身影變得越來越小，而我心中，彷彿有很多個幸福的鈴鐺在歡唱：

叮咚　叮咚　叮咚　叮咚　叮咚　叮咚

叮咚　叮咚　叮咚　叮咚　叮咚　叮咚

重返老鼠島

家，我甜蜜的家！

一陣甜蜜而急促的鈴聲打斷了我的夢境。我揉揉眼睛，喃喃自語地說：「再見了，朋友們，再見！」

我睜開雙眼，驚訝地發現自己正躺在牀上。我一骨碌直起身，微笑着說：「家，我甜蜜的家！」

就在這時，鈴聲又開始嗡嗡大作：

叮咚 叮咚 叮咚 叮咚 叮咚 叮咚
叮咚 叮咚 叮咚 叮咚 叮咚 叮咚

原來是門鈴在響呀！我飛奔下樓，拉開大門。

門口站着的，是我的小侄子班哲文，他一把勾住我的脖子：「嗨，叔叔，你怎麼睡得這麼沉啊？我都按了一小時門鈴了，我還以為你不在家呢！」

我有些疑惑地回答：「我剛才在做夢……從某種角度說，其實我才剛到家！」

「快點兒，叔叔，快打開 **電視機** ，你現在成了八點檔新聞的焦點啦！」

我連忙打開電視機，裏面正在轉播我舉辦的龍的 **展覽** 的開幕式：

「昨晚的開幕式獲得了 **巨大成功** ，社交界和文化界的各位鼠代表聚集一堂，其中文化鼠謝利連摩·史提頓先生發表了精彩的演講……謝利連摩·

史提頓先生更引領了時尚潮流：昨晚，他俏皮又瀟灑的穿着讓大家眼界大開，如今，在西裝內搭配睡衣紋路的襯衫，已經成為妙鼠城青年的潮流裝扮！著名的記者莎莉‧尖刻鼠在第一時間將睡衣紋路註冊了專利。不得不說，她具備非常好的商業頭腦……」

　　我急忙奔向窗台，向下望去……

簡直難以置信……街上走着的所有男鼠，都仿效我在開幕式上的穿着……（也就是昨天晚上），裏面套着一模一樣的睡衣！

班哲文捧着肚子大笑起來：「哈哈哈哈……太搞笑了，叔叔！」

「嗯，你說得沒錯，他們都在追逐流行……有時候，為了追逐最新的時尚，大家都不惜變得一模一樣！」

班哲文擠擠眼睛：「可是，你卻是獨一無二的，叔叔！」

「你也是獨一無二的，班哲文！我們每個人都是獨特的，只不過我們常常忘記這一點……」

「哦，差點忘記了……叔叔，你還記得嗎？你答應過要陪我去看我最喜歡的球隊——老鼠尼亞隊的比賽哦！」

我一拍腦門：「不好意思，班哲文，這禮拜我忙昏頭了，腦袋裏面一直在準備開幕典禮的事！不過……看看這個！」

319

我拉開抽屜，從裏面取出上個月購買的門票：「嘿嘿嘿，兩張**超級VIP座位**的門票哦！」

班哲文忘情地勾住我的脖子不放手，以表達他內心洶湧的喜悅之情。謝天謝地，我好不容易從他的胳膊裏掙脫出來，趕忙去換衣服了。我穿上特別訂做的老鼠尼亞隊的**球迷服**，老鼠尼亞隊的褲子，老鼠尼亞隊的圍巾，老鼠尼亞隊的帽子……

「走吧，我都準備好了。不過既然我們時間還充裕，要不要叔叔帶你去轉轉，買幾個冰淇淋吃吃？」

「我太愛你啦，叔叔！」

半個小時以後，我們倆漫步在**綠樹如蔭**的公園裏，心滿意足地舔着冰淇淋。我選的是核桃加乳酪口味的，班哲文則選了梨子加乳酪口味的……

唔唔唔唔，我幸福得連鬍鬚

都顫抖了！

　　班哲文又要了一個無花果口味的冰淇淋，吃得有滋有味……

　　我們兩個坐在一棵大樹下，舒舒服服地看着班哲文的朋友們在公園裏玩耍。我也給他們每個都買了冰淇淋。這下可好，幾十個小不點都圍過來，嘴裏一邊舔着**冰淇淋**，一邊嚷嚷着讓我給他們講故事……

　　我感覺有些無奈，但卻非常**快活**。

　　接着，班哲文的同學奧利佛，眨着大眼睛好奇地問道：「史提頓叔叔，你能給我們講個冒險故事嗎？一個獨一無二的冒險故事？」

　　「沒錯，沒錯，沒錯，一個冒險故事！」小傢伙們興奮地直叫。

　　我撓撓頭皮，開始給他們描述我做過的**夢**：丟失的龍蛋、神秘的氣味、古怪的七姐妹花園、可怕的食肉魔、最後的戰役和……來之不易的和平！」

　　小傢伙們聽得如癡如醉，他們鼓動我把這個故事

寫下來。

天哪！不知不覺，我們把球賽都忘到了腦後！

我回到家以後，開始刷刷地動筆寫起來……這就是你們正在讀的故事……

希望你們能喜歡，因為這是我用心創作的作品哦！

以史提頓的名義發誓，**謝利連摩‧史提頓**！

夢想語詞典

奇鼠歷險記4

龍族的騎士

QUARTO VIAGGIO NEL REGNO DELLA FANTASIA

作者：Geronimo Stilton　謝利連摩·史提頓
譯者：林曉容
責任編輯：潘宏飛
中文版封面設計：李成宇
中文版美術設計：劉蔚　羅益珠
封面繪圖：Silvia Bigolin, Christian Aliprandi
插圖繪畫：Danilo Barozzi, Silvia Bigolin, Giuseppe Guindani, Barbara Pellizzari
　　　　　Umberta Pezzoli, Archivio Piemme, Christian Aliprandi
內文設計：Yuko Egusa, Marta Lorini
出　　版：新雅文化事業有限公司
　　　　　香港英皇道499號北角工業大廈18樓
　　　　　電話：(852) 2138 7998
　　　　　傳真：(852) 2597 4003
　　　　　網址：http://www.sunya.com.hk
　　　　　電郵：marketing@sunya.com.hk
發　　行：香港聯合書刊物流有限公司
　　　　　香港新界大埔汀麗路36號中華商務印刷大廈3字樓
　　　　　電話：(852) 2150 2100　　傳真：(852) 2407 3062
　　　　　電郵：info@suplogistics.com.hk
印　　刷：C & C Offset Printing Co., Ltd.
　　　　　香港新界大埔汀麗路36號
版　　次：二〇一三年十二月初版
　　　　　二〇一七年十月第四次印刷
版權所有 • 不准翻印
中文版版權由Edizioni Piemme授予，僅限香港及澳門地區銷售
http://www.geronimostilton.com
Based on an original idea by Elisabetta Dami.

奇鼠歷險記

①漫遊夢想國

②追尋幸福之旅

③尋找失蹤的皇后

④龍族的騎士

⑤仙女歌雅不見了

⑥深海水晶騎士

⑦追尋夢想國珍寶

⑧女巫的時間魔咒

⑨巫師的魔法杖

勇士回歸（大長篇1）

失落的魔戒（大長篇2）